온리 센스 온라인 외전
백은의 여신
1

아로하자초 지음 | **유키상** 일러스트 | **한신남** 옮김

SNOVEL

커버 그림, 본문 일러스트 | **유키상**

Only Sense Online
백은의 여신 외전
Online 온리 센스 온라인

토우토비 *Toutobi*

뮤우 일행과 던전에서 만나게 되는 부끄러움 많은 여자애. [은밀] 센스 등을 구사하는 어새신 스타일의 솔로 플레이어였지만, 동료와 파티를 짜면서 척후 역할로서의 재능이 개화한다.

리레이 *Rirei*

참가하는 파티마다 족족 문제를 일으키는 마법직 언니. 한편 마법 센스의 숙련도는 대단해서 일격의 위력으로 승부하는 화 속성 마법에 능하다.

코하쿠 *Kohaku*

리레이와 콤비를 짜는 일본식 옷차림의 마법사. 항상 리레이의 행동에 고민하지만, 그녀와의 연대는 발군이며 방어 마법 등도 특기다.

Myu's Party Players

뮤우 *myu*

베타판에서는 [백은의 성기사]라고
불리며 전설이 된 공략 플레이어. 이
작품의 주인공. 한 손 검과 광 마법
을 조합한 독자적인 〈마법검사〉 스
타일로 최강을 목표로 한다.

히노 *Hino*

베타 시절부터 뮤우와 파티를 짠 기
운 넘치는 플레이어. 작은 체격으로
창이나 망치 등의 중량급 무기를 이
용하여 싸우는 어태커.

루카토 *Lucato*

정식판이 오픈하고 얼마 뒤에 뮤우
와 만난 초심자 플레이어. 뮤우와 모
험을 하면서 〈사령탑〉으로서의 재능
을 닦아간다. 검과 방패를 사용하는
정통파 검사.

1장 뮤우와 하이스피드 레벨업

뻣뻣한 털과 휘어진 이빨을 가지고 근육질의 네 다리로 지면에 선 숙적──빅보어.

그런 상대의 공격을 수차례 받아내었다. 그리고 틈을 찔러 공격하여 대미지를 쌓았다.

그리고 이번에도──

"이 승부! 내가 이겼다!"

[뿌오오오오오──]

빅보어는 고개를 흔들며 견제하듯이 휘어진 이빨을 흔들었다.

울음소리로 스스로를 고무하며 우직할 정도로 직선으로 돌격을 반복하였다. 나는 그걸 정면에서 몇 번이나 받아내며 반격한다…… 그럴 예정이었다.

"어……."

무슨 일이 일어났는지 알 수 없었다.

그저 사실로써 검이 부러지고, 파괴된 검을 줍자 빛의 입자가 되어 손 안에서 흘러내려 사라졌다.

다음 순간 멧돼지의 이빨이 다가오고──

●

나는 어렸을 적부터 게임을 좋아했고, 지금도 좋아한다.

고전 게임, 신작 게임, 가정용에 오락실 게임.

롤플레잉, 액션, 슈팅, 어드벤쳐, 격투 게임, 리듬 게임, 퀴즈……. 언니랑 오빠 친구도 게임을 좋아하니까 여러 게임을 가지고 와서 놀았다. 별로 게임을 못하는 오빠도 좋아할 만한 게임을 골라서 넷이서 놀거나, 이기기 위해 혼자서 몰래 연습을 하며 게임 실력을 닦기도 했다.

시간을 잊어가면서 여러 게임을 즐겼다. 때때로 나 자신이 게임 안에 들어가서 온몸으로 게임 세계를 느껴보고 싶다, 나만의 캐릭터, 나밖에 될 수 없는 존재가 되어서 게임을 하고 싶다, 그런 마음이 있었다.

하지만 그건 절대로 있을 수 없다. 왜냐면 아무리 게임 캐릭터에게 스스로를 겹쳐도 그 캐릭터가 될 수 있는 건 아니니까.

그렇게 절대로 있을 수 없다고 생각했던 꿈은 코앞까지 와 있었다.

"……[Only Sense Online]?"

"그래, 그 VR게임의 베타테스터를 모집하고 있어. 여기에는 시즈카 누나도 참가──"나도 할래!"──그럴 줄 알았어."

오빠의 친구인 타쿠미 오빠가 권해준 VRMMORPG의 베타테스터 추첨에도 붙어서 우리는 신나게 베타테스트를 즐겼다.

어느 틈에 나는 [백은의 성기사]라고 불리는 플레이어가 되어 있었다.

베타판의 공개기간은 석 달. 그동안 효율 좋게 레벨을 올릴 수 있었던 플레이어가 어느 정도인지는 모른다. 하지만 정식판에서는 이 경험을 살릴 수 있겠지.

일부 인계 요소를 제외하고 레벨과 아이템은 리셋된다.

아는 플레이어와는 정식판 오픈에서 재회하기로 약속하고 베타판이 끝을 맞았다.

그리고 여름방학 때 [Only Sense Online]이 정식판으로 돌아왔다.

리셋되었지만 나는 다시금 [백은의 성기사]가 되자고 생각했다.

── 이번에는 더 빨리 성기사가 될 거다.

●

"그럼 오빠! 먼저 갈 테니까!"

[OSO]의 정식판 오픈날, 나는 서버가 열리는 동시에 방에 놔둔 VR기재인 VR기어를 장착하고 침대에 누웠다.

오빠는 일찌감치 끼니를 챙겨먹은 뒷정리를 하고 나중에 로그인할 예정이니까 나는 먼저 시즈카 언니랑 합류한다.

나는 베타판 캐릭터 데이터를 인계해서 누구보다도 먼저 [OSO] 세계에 내려왔다.

"――나는 돌아왔다!"

나는 흥분을 드러내며 소리쳤다.

내려온 곳은 제1마을 중앙에 위치하는 장소――동서와 남북으로 이어진 대로의 교차지점.

검과 마법의 판타지답게 중세 유럽풍의 거대한 외벽으로 둘러싸인 거리는 벽돌집과 돌로 포장된 길이 기본이고 곳곳에 목재나 유리창을 사용한 것이었다.

대로를 벗어나서 뒷골목으로 들어가면 주택지와 쉼터인 광장이 준비되었고, 거기에는 NPC들이 모여서 떠들고 있었다.

차례로 로그인하는 플레이어들은 이 거리에 압도될 뿐이었다. 그러는 한편, 시내를 바라볼 틈도 없이 움직이기 시작하는 사람들도 있었다.

"멋대가리 없긴. 하긴 나도 베타판에선 뛰어다녔지."

그 무렵에는 플레이어 숫자가 한정되어서 내 다리로 온갖 정보를 찾아다녀야 했기에 마을 전체의 지리를 머리에 넣어 두었다.

조금 이동하기만 해도 베타판에서는 볼 수 없었던 추가요소가 곳곳에서 보였고, 그런 차이점을 찾는 재미로 내 눈이 즐거워졌다.

"어디, 일단은 센스 취득과 시즈카 언니――아니, 게임에서는 세이 언니――랑 합류해야지."

나는 메뉴를 열고 센스 취득 화면을 선택했다.

[Only Sense Online]의 게임 시스템은 이 센스가 모든 것의 기본이라고 해도 좋을 만큼 중요하다.

각 플레이어는 열 개의 센스 장비칸을 갖고, 각각의 플레이 스타일에 맞추어서 센스를 바꿀 수 있다.

검을 쓰고 싶은 사람은 [검] 센스. 창이라면 [창], 마법이라면 마법에 필요한 복수의 센스를 취득할 필요가 있다. 또한 전투 계열 센스 외에도 생산 계열 센스나 스테이터스 상승 계열, 보조 계열, 취미 계열 등 여러 종류가 있다.

스탠더드한 센스 구성을 고르는 것도 좋고, 도전적인 센스 구성을 택해도 좋고, 생산이나 취미처럼 공략과 거리가 먼 센스 구성을 택해도 좋다.

──플레이 스타일은 그야말로 only, 라는 카피 문구는 사실이었다.

그리고 그런 내가 택한 센스는 이렇다.

[검 Lv1] [갑옷 Lv1] [물리공격 상승 Lv1] [물리방어 상승 Lv1]
[마력 Lv1] [마법재능 Lv1]
[마력회복 Lv1] [광 속성 재능 Lv1] [회복 Lv1] [기합 Lv1]

처음에 취득한 센스는 이렇게 열 개다. 베타판에서 마지막으로 갖춘 플레이 스타일을 의식하면서 효율 좋게 플레이

하기 위한 센스. 이 중 몇몇 센스는 언젠가 대기로 돌릴 예정이지만, 안 쓰는 건 아니다.

각 센스를 가볍게 설명하자면 [검] 센스는 검으로 분류되는 무기의 대미지 판정 발생과 대미지 보너스. [갑옷] 센스는 갑옷을 장비했을 때에 방어력에 보너스를 받는다. 이 두 가지를 무기 센스나 전투 계열 센스라고 부른다. 다음은 [물리공격 상승]과 [물리방어 상승]이다. 무기나 방어 계열 센스처럼 뭔가를 장비할 수 있게 되든가 [스킬]이나 [아츠]처럼 ——그래, 필살기 같은 것은 취득할 수 없지만, 물리공격의 ATK와 물리방어의 DEF 스테이터스에 보정을 걸어준다.

이러한 센스를 스테이터스 상승 계열이라고 부른다.

다음은 마법의 기본인 세 가지 센스 [마력], [마법재능], 그리고 마법의 속성.

이 [마력]은 플레이어에게 MP를 주는 센스다. 아까 말한 [스킬]이나 [아츠]의 발동에는 이 MP가 필요하다. 그러니까 마법을 못 쓰는 플레이어라도 [마력] 센스만 따두는 사람은 많다.

[마법재능] 센스는 이것만으로는 의미가 없는 센스. [마력]과 [마법재능], 그리고 마법의 속성, 이렇게 세 가지가 세트가 되어서 비로소 효과를 발휘한다.

내가 고른 마법 속성은 [광 속성 재능]과 [회복].

속성 센스에는 화, 수, 풍, 토, 광, 암, 이렇게 여섯 개의 기본 속성이 있고, 각각에 대응하는 마법과 속성 내성을 얻을 수 있다.

그리고 [회복] 같은 범용 센스는 그 계통의 보조 마법을 배을 수 있다.

마지막으로 [마력회복]과 [기합] 같은 패시브 효과—— 즉 자동으로 여러 효과를 부여하는 보조 센스.

내 센스 스테이터스는 이것들로 구성하였다.

"목표는 베타판 시절의 스테이터스! 팔라딘 재강림!"

"뮤우, 재미있나 보네."

"아, 언니!"

내가 돌아보자 거기에는 연청색 머리칼의 느긋한 인상의 여성이 서 있었다. 매력 포인트인 눈물점이 있는 미인은 잘못 볼 리도 없다. 베타판에서 자주 본 세이 언니의 캐릭터였다.

나는 주저 없이 그 가슴에 뛰어들 듯이 안겼다.

"언니! 오래간만!"

"그래, 뮤우도 오래간만."

꼭 안아주는 언니의 부드러운 가슴을 충분히 만끽했다.

얼굴을 들이들 때마다 뾰옹, 뾰옹 반발하는 부드러움이었다. 시선이 느껴져서 주위를 보니 다른 플레이어들이 언니의 가슴에 시선을 주고 있었다.

"언니를 멋대로 보지 마!"

"뮤우, 갑자기 왜 그래?"

세이 언니는 모르는 눈치지만, 몇몇 플레이어는 이 매혹의 가슴에 눈길을 빼앗겼다! 그리고 내 말에 흠칫 놀라서 총총히 도망쳤다.

언니 가슴은 내 거야! 라고 속으로 선언했다.

"그래서 슌은?"

"오빠는 설거지하고 온댔어. 언니는 센스 땄어?"

"그래, 초기장비도 있어."

그렇게 말하며 들어보인 것은 무기 센스를 고르면 처음에 받는 초기 장비. 언니는 [지팡이] 센스를 입수했기 때문에 초심자의 지팡이라는 장비를, 나는 검이라서 초심자의 검이라는 장비를 입수했다.

"오빠가 오기 전에 물건 사놓을까?"

"그래, 그 편이 슌한테 설명할 때에 편하겠지."

언니의 동의를 얻어서 얼른 언니의 손을 잡고 거리를 걸었다.

우리가 들른 가게는 NPC가 운영하는 무기점과 잡화점이었다.

무기점에서는 NPC제 무기와 방어구. 잡화점에서는 모험에 필요한 회복 아이템이나 소모 아이템 등이 있었다.

생산 계열 플레이어가 만드는 아이템과 비교하면 효과는 떨어지지만, 초반에 도움이 되는 장비다.

"어서 옵쇼. 뭘로 하시겠습니까?"

"죄송합니다! 이거 좀 사주시고 새 무기, 그리고 가벼운 갑옷 주세요!"

"나도 지팡이 매입과 다른 장비를."

나는 초심자 시리즈 무기를 팔고, 그렇게 생긴 돈과 베타 판에서 인계된 골드를 이용하여 이 가게에서 제일 공격력이 센 철검을 몇 자루 구입. 그리고 제일 가벼운 갑옷인 가죽 제 어깨바대도 샀다.

가죽 어깨바대는 [갑옷] 센스의 방어 보너스를 얻기 위해 장비한다.

"좋아! 난 쇼핑 끝!"

"뮤우. 검을 그렇게 많이 산 건 주괴로 만들려고?"

세이 언니도 마찬가지로 이미 자기 지팡이인 오크 스태프 를 골라서 두 손으로 껴안듯이 쥐었다.

내가 왜 같은 장비를 여러 개 샀는지 언니가 물었기에 조 금 모호하게 대답했다.

"반쯤은 절반? 나머지는 소비용 예비 검."

이번에 산 철검은 주로 광석의 대용품이다.

"생산직 사람에게 무기를 만들어 달라고 할 때 광석을 찾 으러 갈 시간이 아깝고, 초기 레벨이면 좀처럼 안 모이니까. 장비를 만들어 달라는 소재는 이런 식으로 확보해야 해."

광석 대용치고 비싸지만, 철검 한 자루를 주괴 하나로 바 꿀 수 있는 편리성이 있다. 그러니까 베타판에서 인계한 돈 으로 왕창 샀다.

그리고 내구도가 낮은 NPC제 무기는 쉽게 또 구할 수 있 으니까, 초반에 무리하게 전투할 때에 내구도를 무시하고 팍팍 사용한다.

"뮤우는 소모품 살래?"

"으음, 그래."

필요한 건 이미 생각해뒀으니까 세이 언니와 함께 회복 아이템인 초심자 포션 30개와 통상 포션 10개를 잡화점에서 구입하여 광장으로 돌아왔다.

"슬슬 오빠가 로그인할 때인데."

주위를 둘러보면 로그인하여서 계속 늘어나는 플레이어들이 보였다. 이렇게 사람들이 모이는 건 베타판에서는 이벤트가 있을 때 정도였다고 생각하면서 가볍게 웃었다.

이렇게 둘러보는 사이에 메뉴의 프렌드칸에 사전 등록한 오빠의 로그인이 확인되었다.

잿빛에서 흰색으로 변한 이름을 화면에서 선택하여 오빠와 채팅을 연결했다.

"아, 오빠. 연결됐어?"

[뭐야, 미우? 놀랐잖아.]

오빠도 판타지 세계에 감동하는 걸까? 너무 재촉했다고 반성하면서도 만날 장소를 정했다.

OSO에서 아주 눈에 잘 띄는 여자 석상이 세워진 광장은 베타판에서도 하치코 동상 앞/만남의 장소처럼 약속장소로 흔히 사용되었다.

"이쪽도 사람이 많아서 모르니까 언니랑 북쪽 대성당 앞에서 만나자. 거기서 기다려."

그렇게 말하고 나와 언니는 약속장소로 향했다.

[알았어. 금방 갈게.]

그동안에도 채팅이 연결된 상태인 오빠 목소리를 세이 언니와 공유해서 들었다. 우와, 라든가, 호오, 같은 오빠의 감탄사가 일 때마다 우리도 베타판 때 이런 느낌이었다는 생각이 들어서 둘이서 웃었다.

"오빠. 도착했어?"

[그래, 도착했는데…… 어디야?]

내거 걱정스럽게 말을 걸어보니, 아무래도 제대로 여기까지 온 모양이었다. 하지만 약속장소에는 비슷한 플레이어들도 많고 우리도 눈에 띌 만한 장비를 한 게 아니었다.

"성당 앞 동상 아래. 하얀 머리야. 언니는 연청색."

잠시 기다리자, 인파를 가르며 이쪽을 향해 똑바로 다가오는 여자가 보였다.

판타지 느낌이 강한 게임에서는 보기 드문 흑발. 그러고 보면 오빠도 캐릭터 에디트에서 배색 같은 걸 안 건드렸으니까 흑발일 거라고 생각하면 바라보는데 그 사람이 눈앞에 왔다.

가까이서 보니 놀랄 만한 미소녀였다.

긴 흑발의 날씬한 그 미소녀는 누구일까? 세이 언니랑 시선을 주고받으며 고개를 갸웃거렸다. 어디서 본 듯한 분위기가 느껴지는데, 딱 떠오르지 않았다.

"미우 맞지?"

"아, 예. 뮤우입니다. 그런데 누구신가요?"

상대는 나를 알고 있다. 하지만 내 베타판 때의 지인은 아니다. 그리고 상대의 다음 말에 나는 놀라움을 뛰어넘어서 순간 머릿속까지 새하얗게 되었다.

"나야. 네 오빠 슌이야."

"어? 슌? 한동안 못 만나서 못 알아봤네. 어느 틈에 여자가 되었어?"

내 옆에서는 뺨에 손을 대고 별로 놀란 기색을 보이지 않는 세이 언니.

"아니, 언니, 그게 아니거든?! 이건 그런 문제가 아니야! 왜 오빠가 언니가 된 거야?!"

광장에 내 절규가 울렸다.

결론부터 말하자면 오빠는 언니가 되었습니다.

아무래도 캐릭터 에디트 때의 카메라 오인이라는 모양입니다. 뭐, 귀여우니까 용서하자.

문제는 그 뒤! 비효율적인 센스 구성으로 조합한 슌 오빠!

"——같이 모험할 수 있을 줄 알았는데!"

●

그 뒤에 인기 없는 센스만 고른 오빠를 OSO 세계에 적응시키기 위해 내가 시범으로 간단한 튜토리얼을 해주었다.

"그럼 마지막으로 필살기——[아츠]. [검] 센스가 5가 되었으니까⋯⋯."

내 무기 센스가 레벨 5가 되어서 사용할 수 있는 [아츠]를 쓰기 위해 제일 가까운 초식동물에게 다가갔다.

이쪽에서 공격하지 않으면 공격해 오지 않는 비선공 몬스터에게 선제공격을 날릴 최적의 위치를 잡았다.

베타판에서 몇 번이나 사용한 아츠를 떠올리면서 한 손에 쥔 철검을 정안세로 들었다.

"——〈델타 슬래시〉!"

검에 은색 빛이 깃들고 삼각형의 궤적을 그리는 삼연격을 날렸다.

꿰뚫는 일격마다 아츠에 따른 보정이 걸린 참격 대미지가 들어가고, 2격째에서 몬스터의 HP를 바닥내었다. 3격은 이미 필요도 없어서 빛의 입자 속에서 하늘을 갈랐다.

그 뒤에도 세이 언니와 둘이서 몇 차례 어드바이스를 했지만, 〈델타 슬래시〉에 놀라서 아직도 반응이 둔한 오빠는 건성이었다.

진짜 혼자 놔둬도 될까? 그렇게 생각했지만, 반대로 오빠도 혼자 생각할 시간이 필요할 거라고 생각하고 여기선 얌전히 해산하기로 했다.

●

오빠의 튜토리얼을 마치고 세이 언니와도 헤어진 나는 평원에 머물며 초식동물을 계속 사냥했다.

"오빠랑 헤어진 건 좋지만, 아직 시간이 있으니까."

일단 내 센스 스테이터스를 확인했다.

[검 Lv5] [갑옷 Lv3] [물리공격 상승 Lv3] [물리방어 상승 Lv3]

[마력 Lv3] [마법재능 Lv3]

[마력회복 Lv2] [광 속성 재능 Lv3] [회복 Lv3] [기합 Lv2]

"음, 레벨이 전혀 안 오르잖아."

나는 입술을 삐죽이고 내 센스 스테이터스를 보았다.

센스는 각 센스에 따른 행동을 하는 것으로 레벨이 오른다. 예를 들어서 [검] 센스는 검으로 적을 공격하면 경험치가 들어오고 레벨이 오른다. 나는 아까 튜토리얼 전투로 방어 계열 센스의 레벨을 올리기 위해 일부러 몇 번이나 공격을 받았지만, 그래도 만족할 만한 레벨에는 미치지 못했다.

"음, 어쩐다. 이제부터 레벨을 올린다고 해도…… 어, 프렌드 통신?"

나는 시야 구석에서 깜빡이는 아이콘을 조작하여 통신 상대의 이름을 확인하고 바로 연결했다.

[예이~. 뮤우, 오래간만~.]

"히노! 건강했어?"

[응, 쌩쌩해. 이제부터 일단 얼굴 좀 볼래?]

"응, 그럼 어디서 만날까──."

베타판 때의 친구와 만날 장소를 정하고 거기로 가기로 했다.

마을 바깥으로 나갔던 나는 얼른 성문을 지나서 마을 안의 약속장소로 향했다.

거기서 지인의 모습을 발견했다.

"야호~, 오래간만."

"히노, 오래간만! 건강했어?"

"응, 나는 언제나 건강해!"

나는 재회한 친구와 오른손으로 하이터치하며 인사를 나누었다.

여자 플레이어인 친구로 내 베타 시절의 파티 중 한 명인 히노.

나보다 머리 하나 정도 키가 작고, 캐릭터의 눈동자를 오른쪽은 남색, 왼쪽은 붉은색의 오드아이로 했으며, 웃으면 보이는 덧니가 특징적인 여자애다.

소중한 친구이며 든든한 파티의 어태커다.

"어제는 너무 기대하느라 잠을 못 이뤘다가 오늘 늦잠 잘 정도로 쌩쌩해. 아하하."

그렇게 웃는 입가에는 매력 포인트인 덧니가 슬쩍 보였다.

"히노, 어쩔래? 이제부터 파티 짜고 사냥 갈까?"

나는 얼른 히노를 파티로 불렀다. 윤 오빠는 아직 게임에

24 온리 센스 온라인 외전 백은의 여신 1

익숙하지 않으니까 데려가기 불안했지만, 히노는 베타판에서 나와 함께 여러 에어리어를 여행한 동료다. 레벨은 낮아도 그걸 메울 플레이어 스킬을 가졌다.

그런 히노는 턱에 손가락을 대고 생각하는 시늉을 했다.

"방금 로그인해서 아직 장비나 아이템도 조달하지 않았어. 게다가 베타판부터 신세졌던 생산직들하고도 만나서 무기 주문도 하고 싶으니까 잠깐 시간이 걸릴지도."

히노는 이제부터 여러 장비를 조달하러 갈 모양이었다.

나도 히노랑 같이 가고 싶었지만, 베타판에서 내가 무기나 방어구를 부탁했던 생산직은 히노가 신세졌던 사람과 다른 사람이니까 같이 가도 의미는 없었다.

"그럼 이따가 다시 만나는 건 어때? 히노의 볼일은 얼마나 걸려?"

"으음, 아마 한 시간도 안 걸릴 거야. 30분 정도일까?"

"그럼 그때까지는 별개 행동을 하고 여기 분수 앞에서 다시 만나면 어때?"

"그래. 응, 그렇게 하자! 에헤헤, 뮤우랑 파티 짜는 거 기대돼."

히노는 기쁜 듯이 표정을 풀더니 얼른 볼일을 끝내고 오겠다며 가버렸다.

오픈 첫날의 인파속에 섞인 히노를 지켜보면서 나도 오래간만에 친구의 목소리를 들어서 기운이 솟았다.

히노가 돌아오기까지 시간이 좀 있을 듯했다. 나는 그동안에 뭘 할까 하는 마음에 턱에 검지를 대고 생각했다.

"으음. 역시 레벨업이야. 그럼 가볍게 다녀올까!"

나는 가볍게 몸을 풀듯이 기지개를 켜고 마을 밖을 향해 걸어갔다.

●

기본적으로 이 주위는 뛰어서 돌아오면 5분도 안 걸리기 때문에 왕복 시간까지 고려하면 충분히 레벨업할 시간을 확보할 수 있다.

자박자박 가벼운 소리를 내며 평원 지면을 밟으며 발을 옮기면 풀들 사이에서 적이 스르륵 나타난다.

"벌써 나타났네! 가볍게 비틀어줄까!"

내가 처음부터 노리던 몹은 아니지만, 지금 나타난 파란 젤리 형태의 몸과 핵으로 구성된 슬라임.

그리고 어린애 정도 크기에 녹색 피부에 작은 뿔이 난 판타지의 기본인 고블린을 향해 검을 들었다.

"──〈라이트슛〉!"

광 마법의 초급 스킬인 〈라이트슛〉을 슬라임에게 쏘고, 달려드는 고블린의 곤봉을 한 손으로 든 검으로 막아낸 뒤 가볍게 받아쳤다. 그러자 머리가 커다란 고블린 균형을 잃고 엉덩방아를 찧는다. 그 타이밍에 공격해서 쓰러뜨린다.

슬라임은 방금 전의 광 마법의 일격으로 몸의 일부가 파이고 HP가 8할을 밑돌았다.

"오오! 오래간만에 했지만 역시 감각이 다르네!"

베타판의 스테이터스라면 일격에 슬라임이 날아가고 고블린의 곤봉을 두 쪽 낼 수 있었는데.

"다시 한 번——〈라이트숏〉!"

슬라임의 핵에 맞을 때까지 몇 번이고 날린 광 마법은 닿은 부분을 헤집고 슬라임의 체적을 줄였다.

그리고 네 방째 광 마법이 핵에 명중하여 힘없이 퍼진 슬라임은 빛의 입자가 되어 사라졌다.

처음으로 만난 고블린과 슬라임을 쓰러뜨리는 사이에도 전투 소리를 듣고 다음, 적이 눈앞에 나타났다.

"오, 다음은 네 차례구나."

덤불에서 튀어나와서 곤봉을 휘두르기만 하는 고블린의 공격도 가볍게 검으로 받아낼 뿐만이 아니라 몸을 뒤로 젖히고 피하며 흘려내는 플레이어 스킬을 확인했다.

이어서 두 손으로 든 검을 내리치고 쳐올리고, 때로는 찌르고 가로로 휘둘렀다.

계속하여 좌우에서 비스듬히 내리치고 올려치고, 총 아홉 방향에서의 공격의 움직임이나 동작을 확인하면서 눈에 들어오는 적을 차례로 베었다.

"……조금 달라. 역시, 이렇게."

베타판의 기억과 지금 움직임의 차이를 느꼈다.

장비, 스테이터스의 초기화나 수개월의 공백이 영향을 끼친 모양이다.

"이걸 이렇게 해서, 이렇게!"

휘두른 검이 초원의 풀을 흔들고, 풀 몇 오라기가 풍압에 춤추었다. 두 손으로 만족스럽게 검을 들 수 있게 된 것을 느끼면서 이번에는 한 손으로 휘두르는 방식을 떠올렸다.

내 본래 전법은 검과 마법을 병용하는 마법검사 스타일로, 왼손으로 한 손 검, 오른손으로 광 마법이나 회복 마법을 사용한다.

그렇기 때문에 그걸 상정한 움직임이 스무스하게 나올 수 있도록 반복해서 고블린과 슬라임을 사냥했다.

"역시 고블린 상대로 대인전을 상정해도 재미가 없어. 그럼 끝."

그렇게 말하며 몇 마리째 고블린을 베고서 인간형 몬스터의 공통 약점인 목, 가슴, 머리에 재빨리 찌르기를 넣어서 HP를 0으로 만들었다.

"뭐, 레벨이 조금 오르면 이 근처는 이렇지. 공격 패턴과 특징을 알면 대처가 가능한 범위."

하지만 고블린만 계속 사냥해도 레벨 상승은 늦다.

그럼 어떻게 하면 좋을까? 그거라면 보다 강한 몬스터를 만나러 갈 수밖에 없다. 가능하면 나보다 강한 몹으로.

"역시 레벨업에는 강한 몹이야."

그렇게 결정했으면 바로 행동.

도중의 슬라임과 고블린을 가볍게 쓸어버리면서 경계선

을 넘어서 숲 안쪽으로 들어갔다.

●

전력질주, 가볍게 점프, 스텝, 전투에 필요한 움직임을 확인하면서 숲 안쪽으로 들어갔다.

다소 간격을 두면서 나무들이 우거진 숲이지만, 사각이 되는 장소가 많아서 솔로 플레이에는 주의가 필요하다.

"약한데도 쫄랑쫄랑 귀찮아!"

목적하는 몹을 찾아 돌아다니면 이끌린 것처럼 잿빛의 커다란 쥐 몬스터인 그레이랫과 상공에서 급강하하여 부리로 공격하는 밀버드가 습격해 온다.

마법 같은 원거리 공격을 해오는 몹은 아니지만, 다가가면 선공이 되어 공격하기에 그렇게 약한 적을 일일이 상대하다간 끝이 없다.

"으음, 파티라면 사각을 메워주겠지만, 보조 센스 없이 걷는 건 귀찮아."

적을 사전에 발견할 수 있는 [발견]이나 다가오면 경고를 하는 [육감] 같은 보조 센스가 있으면 잔챙이 몹을 회피하는 건 간단하다.

하지만 나는 그런 걸 선택하지 않았기 때문에 이렇게 경계하면서 전진해야만 해서 좀처럼 목적하는 몹을 찾을 수 없었다.

그레이랫은 퍼올리듯이 올려쳐서 쓰러뜨리고, 상공에서 이쪽을 노리는 밀버드는 거리가 있으면 마법으로 격추. 근처까지 오면 가볍게 옆으로 피하고서 카운터로 대미지를 주었다.

그런 기계적인 반복 작업을 하면서 전진하자, 숲 안쪽에서 몹 한 마리를 발견했다.

"겨우 찾았다."

거기에는 억센 털로 뒤덮이고 휘어진 이빨을 가진 거대한 멧돼지 몬스터, 빅보어가 드러누워 있었다.

내가 찾던 레벨업 상대. 여태까지 오는 동안에 대미지를 입지 않도록 주의하면서 싸웠던 나는 센스 스테이터스를 확인했다.

[검 Lv8] [갑옷 Lv4] [물리공격 상승 Lv6] [물리방어 상승 Lv4]
[마력 Lv6] [마법재능 Lv6]
[마력회복 Lv4] [광 속성 재능 Lv5] [회복 Lv4] [기합 Lv4]

회피 중시의 행동을 했기 때문에 공격 계열 센스 이외에는 레벨이 오르지 않았다. 레벨업 대상인 빅보어와 싸우기에는 조금 벅차다.

내가 싸울 각오를 굳히고 한 걸음 나서자, 빅보어가 천천히 일어나서 뒷다리로 지면을 긁기 시작했다.

초심자의 첫 난관이라고 하는 이 몹은 피라미 중에서도 제법 강한 부류에 들어가고, 파티라면 평균 레벨 15, 솔로로 싸울 거면 레벨 20은 필요한 적이다.

여기에 오기까지 슬라임, 고블린, 그레이랫, 밀버드 같은 피라미 몹을 쓰러뜨리고 다소 레벨이 오른 나지만, 그래도 센스의 평균 레벨은 5.

솔로로 상대하는 것 자체가 무모한 도전이다. 원래라면…….

"자, 여기부터가 하이스피드 레벨업의 시간이야."

지면을 파헤치던 빅보어의 뒷다리가 지면을 힘차게 박차고 튀어나왔다. 멋지게 휘어진 이빨과 묵직하게 살이 오른 몸에서 나오는 돌격은 그 앞을 가로막는 초심자 플레이어들을 쓰러뜨려왔겠지.

나는 한 손에 든 검의 도신에 다른 쪽 손을 대어 받아 흘리는 자세를 취하며 옆으로 피했다. 돌격을 정면에서 막는 게 아니라 검의 측면을 가볍게 대는 듯한 위치에서 흘려냈다.

빅보어가 도신과 접촉한 충격이 팔을 타고 몸에 퍼졌다. 그건 대미지라는 형태로 반영되었다.

"끄으! 역시 레벨 차이가 큰가."

너무 레벨 차이가 크기 때문에 돌격에 순간 접촉한 것만으로도 큰 대미지 판정이 있었다.

HP의 절반 가까이가 깎여나가는 충격. 1초만 더 오래 접촉했으면 확실히 죽어서 마을로 돌아갔다.

"조금 더 레벨을 올리고 준비하는 편이 좋았을지도. 하지만 안 져 ——〈힐〉."

초급 회복 마법을 사용하여 HP를 회복시켰다. 그동안에도 빅보어는 십여 미터를 주파하고 방향을 바꾸어 다시금 이쪽으로 돌진해왔다.

마치 스페인의 투우사가 된 기분이었다.

"자! 팍팍 덤벼!"

다음 돌격도 마찬가지로 대미지를 받았다.

다른 사람이 보면 기묘한 행동이겠지.

모든 공격을 포기하고 검으로 흘려내기만 한다. 돌격 중인 빅보어에게 닿는 시간이 길면 순식간에 HP를 빼앗겨서 죽는다. 그렇게 되지 않도록 아슬아슬한 시간을 읽어서 공격을 흘려낸다.

긴장감이 끊이지 않는 행위에 나는 자연스럽게 입가에 미소가 떠오르는 걸 느꼈다.

"그래, 이거야 이거! 이걸 즐기고 싶었다고! ——〈힐〉!"

참고 참는다. 힐을 거듭 사용하고, HP 회복이 부족한 경우에는 빅보어의 공격을 옆으로 피해서 회복 기회를 만들고, 긴급 회피로 초심자 포션을 사용한 적도 있었다.

MP가 부족해지면 빅보어의 움직임을 읽고 거의 직선적인 그 공격을 옆으로 피하는 식으로 회피를 반복, MP의 자연 회복에 필요한 시간을 벌었다.

그게 10분 정도 계속되면 정신적으로도 지쳤다. 그 이상으로 몇 번이나 덮쳐오는 충격의 대미지에 내 몸이 둔해지기 때문에 한층 더 마음을 조였다.

"또 와봐!"

내가 검으로 어루만지듯이 빅보어에게 접촉한 순간, NPC제 철검의 도신이 유리 세공처럼 중간에 금이 갔다.

그걸 본 순간 나는 백스텝으로 물러나서 손에 든 검을 버리고 빅보어와의 거리를 벌렸다.

"하아하아하아……. 응, 무기도 없어졌고 일단 끝낼까!"

나는 슬금슬금 후퇴하여 철수하기 시작했다.

쫓아오는 빅보어를 피할 때, 너무 빨리 피하면 거기에 대응해서 급격한 방향 전환으로 돌격하거나 물어뜯으려고 들었다. 그러니까 최적의 타이밍으로 좌우로 피하는 식으로 계속 도망쳤다.

"분명히 이 근처였을 텐데!"

지그재그로 달리며 도망치는 나를 쫓아오는 빅보어. 하지만 내가 숲속에 있는 어느 선을 넘자 빅보어는 그 직전에 우뚝 멈추었다. 정확하게는 그 거구가 바로 멈추지 못하여서 흙먼지를 일으키며 주르르륵 거대한 발굽 자국을 남기며 정지.

[뿌우우우우——]

나를 놓쳐서 분한 듯이 우는 빅보어는 곧 나에 대한 흥미를 잃은 것처럼 성큼성큼 원래 있던 장소로 돌아갔다.

"후우우, 역시 너무 무리했어. 하지만 재미있어!"

근처 나무에 등을 맡기고 한숨 돌렸다.

HP는 회복 마법으로 가득 찼지만, MP는 완전히 거덜. 그 이전에 너무 집중해서 조금 지쳤다.

"몬스터의 행동범위가 베타판하고 다름없어서 다행이야~. 자칫 따라잡힐 뻔했어."

그렇게 말하면서 나는 내 센스 스테이터스를 다시금 확인했다.

[검 Lv8] [갑옷 Lv8] [물리공격 상승 Lv6] [물리방어 상승 Lv9]
[마력 Lv6] [마법재능 Lv6]
[마력회복 Lv4] [광 속성 재능 Lv5] [회복 Lv4] [기합 Lv9]

하이스피드 레벨업의 성과가 확실히 나온 것을 확인하고 히죽거리는 얼굴을 필사적으로 억눌렀다.

적을 쓰러뜨린 것도 아닌데 레벨이 단기간에 올랐다. 그 이유는 OSO의 시스템에 있다.

"쓰러뜨리면 경험치에 보너스가 붙지만, 쓰러뜨리지 않아도 행동 전체에 경험치가 들어와. 이것도 중요해."

몬스터를 쓰러뜨리면 쓰러뜨렸을 때의 행동에 따른 센스에 보너스 경험치가 들어온다. 보통 플레이어는 전투를 반복하고 경험치를 쌓아서 센스 레벨을 올린다.

하지만 레벨을 올리는 방법은 전투 이외에도 있다.

예를 들어서 [검]을 시작으로 하는 무기 센스는 휘두르기만 해도 효율이 나쁠지언정 다소 경험치가 들어온다. 생산 계열 센스는 전투가 아니라 아이템 생산으로 경험치를 쌓는다.

이번 레벨업 콘셉트는 나보다 훨씬 강한 적과의 전투 중의 경험치만을 노리는 방법이다.

훨씬 강한 몬스터와의 전투는 그 전투만으로 상당한 경험치를 노릴 수 있다. 동격의 몬스터를 사냥하여 얻는 경험치 보너스 이상으로 말이다.

센스의 종류별로 레벨이 오르는 행동은 다르지만, 비슷한 행동으로 각종 센스 레벨을 올릴 수 있다.

"특정 장비, 구상을 토대로 효율적으로 할 수 있는 레벨업 방법."

이번 경우에는 대미지를 받아서 [갑옷]과 [물리방어 상승], [기합]의 세 가지 방어 관계 센스에 경험치가 들어왔다.

레벨업의 제1단계——대미지를 받는다, 는 것이다.

그리고 제2단계는 HP 회복을 위해 〈힐〉을 사용하여서 [마법재능], [마력], [회복], [마력회복]의 네 종류의 마법 관련 센스에 관련된 행동을 하여 그 경험치를 번다.

즉 공격을 받고 회복하는 것이 레벨업으로 이어진다.

"자, 2회전 해보실까!"

충분히 휴식하여 MP가 완전 회복된 나는 힘차게 두 뺨을 두드려서 기합을 넣었다.

기세 좋게 일어나서 인벤토리 안에 잔뜩 넣어둔 철검 중에서 새롭게 하나를 꺼냈다.

그때 구입한 철검은 총 20자루.

하이스피드 레벨업은 시간을 단축하는 대신 돈, 아이템, 리스크를 대량으로 들이는 방법이다.

"검은 아직 충분히 있어! 내 능력이 빅보어를 넘는 게 먼저일까, 아니면 내가 미스하는 게 먼저일까."

한 방이면 아웃되는 상황은 계속 이어진다. 그게 즐겁다. 최고로 두근거린다.

●

빅보어의 앞에 서서 그 돌격을 흘리는 시간이 서서히 길어졌다.

HP를 회복 마법으로 회복하고, 소비된 MP를 [마력회복]으로 회복 촉진한다. 한정된 상황에서 최적의 레벨업을 하는 스릴과 성장을 실감한다. 그리고 드디어——

"……노 대미지로 흘리는 걸 성공했어."

플레이어 스킬로써 흘려내기의 타이밍은 조금 전부터 완벽했다. 하지만 스테이터스의 차이로 대미지가 발생하였다.

그 스테이터스 차이가 드디어 좁혀졌다.

다시금 흘려내면서 우연이 아니라고 확인한 뒤, 돌격을 흘려내기 위한 자세에서 정면에서 막아내기 위한 자세로 바꾸었다.

"후우우우우, 하이스피드 레벨업의 최종단계! 개시!"

[뿌우우우우우——]

각오를 굳히고 빅보어의 정면에서 돌격을 도신으로 막아내었다.

쿠웅 하고 뒤로 날아갈 듯한 충격을 몸을 숙이며 버티자, 밀려나듯이 지면에 발자국이 끌렸다.

"끄으으으!"

길고도 짧은 한순간 뒤, 빅보어의 기세가 약해지고 내 방어가 빅보어의 공격을 버텨냈다. 막아낸 장소에서 5미터 정도 지면에 자국이 남았다.

이 일격으로 나는 HP의 4할을 잃었지만, 여기서부터는 공격으로 들어간다.

[뿌우?!]

"복수야! 이거라도 먹어!"

돌격이 막혀서 혼란을 보이는 빅보어의 측면으로 돌아가서 철검으로 공격을 날렸다. 두꺼운 지방과 억센 털로 뒤덮인 몸은 측면에서의 공격에 희미한 선을 만들었을 뿐이지 큰 대미지를 입지 않았다.

"크으, 역시 공격은 안 통하나."

내 공격을 받아 그 자리에서 물어뜯고 뒷다리로 차고 발굽으로 찍고 그 덩치로 밀어붙이는 등 날뛰는 빅보어에게서 백스텝으로 거리를 벌리고 회복 마법을 연속 사용하여 HP를 가득 채웠다.

"행동 패턴은 전부 알고 있어! 여기서부터는 진짜로 갈 테니까. ——〈라이트숏〉."

여태까지는 HP 회복에 MP를 사용했던 나는 공격 마법에 MP를 사용하기 시작했다.

광탄이 빅보어의 측면에 명중하여 대미지를 주었다. 검보다도 마법 쪽이 지금으로서는 잘 통하는 모양이라고 생각하면서 방향 전환하여 이쪽으로 달려오는 빅보어와 대치했다.

레벨업의 최종단계인 빅보어의 토벌. 제1단계에서 방어 계열 센스의 레벨을 올리고 제2단계에서 마법 계열 센스의 레벨을 올린다. 마지막으로 빅보어를 공격하여 공격 계열 센스 레벨을 올린다. 그러기 위해 짠 레벨업용 센스 구성.

내 목표 센스에 최단 코스로 도달하는 것을 목적으로 레벨업 시너지를 생각한 조합이었다.

"——〈라이트숏〉! 〈라이트숏〉!"

광탄이 정면에서 달려오는 빅보어를 맞추었지만, 두 방의 광탄 중 한 방은 두꺼운 두개골로 뒤덮인 돌머리에 튕겨나고 나머지 한 방은 빠른 돌격에 빗나갔다.

"역시 마법 조준이 미숙한가! 끄으으!"

여자로서는 조금 귀엽지 않은 소리를 내면서 빅보어의 돌격을 정면에서 다시금 막아내고 버렸다.

내 레벨 상승으로 스테이터스가 올랐어도 무방비한 상태로 빅보어의 돌격을 맞으면 질 가능성이 충분하다.

돌격을 막아내고 날뛸 때까지의 순간의 틈에 공격을 찌르고 단숨에 물러난다.

기계처럼 계속 같은 공격을 반복하는 사이에 내 검이 빅보어의 몸에 깊은 상처를 내게 되고, 마법 공격도 그 흔적에서 서서히 위력을 늘리는 게 보였다.

"이걸로 남은 건 2할!"

거듭해서 공격하고 빅보어의 돌격을 받아내느라 NPC제 무기는 수명이 크게 줄어들어서 이제 다섯 자루밖에 안 남았다.

그래도 내 계산이라면 모두 다 쓰기 전에 쓰러뜨릴 수 있으리라고 예상이 갔다.

"이 승부! 내가 받아간다!"

[뿌우우우우 ──]

몇 번째인지 모를 울음소리를 내면서 빅보어가 돌격. 나는 몇 번이나 반복했던 받아내기의 충격 순간에 맞추어서 온몸에 힘을 넣었다.

하지만 이번에는 달랐다.

"아······."

무슨 일이 일어났는지 처음에는 알 수 없었다.

빅보어가 급정지했다. 돌격으로 부딪치기 직전에 다리에 힘을 넣어서 억지로 내 앞에서 멈추었다. 그리고 멍청하게도 측면을 향해 뻗은 내 검 아래로 고개를 숙이고 파고들어서 두 개의 멋진 송곳니와 돌머리로 검을 얽더니 머리를 쳐들었다!

"뭐야?! 설마 무기 파괴를!"

철검이 간단하게 깨지는 모습이 슬로우 모션으로 보였다.

베타판과 정식판의 차이점이 나타났다.

몬스터의 행동 패턴의 변화. 여태까지 빅보어와의 사투를 반복했지만, 빅보어가 이런 행동을 취하는 것에는 조건이 있을 터였다. 예를 들어서 HP가 일정 비율 이하로 내려간 다든가.

그런 생각을 하는데, 무기를 잃은 내게 빅보어의 이빨이 들이닥쳤다. 무기가 파괴되어 자세가 무너진 나는 무방비한 몸을 드러내었다. 이 공격을 받으면 이빨이 내 몸을 관통하고, 돌격이 내 HP를 전부 빼앗겠지.

"질 순 없어!"

하지만 나는 이걸 기회로 보았다.

순간적으로 메뉴를 조작하고 새 철검을 불러냈다.

몸을 비틀어서 다가오는 이빨을 피하고, 그 턱 아래로 파고들었다.

머리를 쳐들어서 위쪽을 올려다본 빅보어는 약점은 목젖을 드러내었다.

"하아아압——!"

베어내는 듯한 일격을 약점에 맞아 몸을 뒤집는 빅보어.

나는 이 기회를 놓치지 않기 위해서라도 한 손에 든 검을 양손으로 고쳐들고 최강의 공격을 날렸다.

"——〈델타 슬래시〉!"

전력으로 날린 삼연격.

몇 번이나 빅보어를 베면서 레벨을 올린 [검]과 [물리공격 상승] 센스.

적의 약점이라는 정보를 알고 마지막 승리를 붙잡는 운.

이 모든 것을 건 공격은 빅보어의 나머지 1할의 HP를 단숨에 깎아내었고, 앞다리를 든 빅보어는 그대로 힘없이 쓰러졌다.

나는 혼자서 빅보어를 쓰러뜨리는 것에 성공했다.

●

어깨를 오르내리면서 숨을 골랐다. 격한 움직임으로 호흡이 흐트러진 게 아니다. 싸움 후의 흥분을 진정시키기 위해서 심호흡을 반복했다.

꾸욱 눈을 감고 두 손에 움켜쥔 검의 감촉을 확인하면서 나는 소리쳤다.

"해냈다! 이겼다!"

숲속에 내 목소리가 울려 퍼졌다.

지금 단계에서 나보다 상위에 있는 빅보어의 솔로잉에 성공한 것이다. 여태까지의 고생이나 고통이 다 날아가고 우월감과 충실감으로 가득해지는 느낌이 들었다.

"이겼어. 이겼어. 역시 틀린 게 아니었어!"

베타판 종료부터 정식판 공개까지의 시간 동안 계속 생각했던 레벨업 방법을 실현하였다.

투자 자금은 10만 G.

사용 아이템은 초심자 포션*17, 철검*20, 가죽갑옷.

물리방어 레벨업, 마법 레벨업, 공격 레벨업의 동시 병행 레벨업에 성공했다.

"처음에는 불안했지만 해냈어. 해냈다고!"

아무나 할 수 있는 게 아니다. 아이템이나 돈도 꽤나 퍼부었다. 흘려내거나 받아내는 플레이어 스킬이 요구되는 하이스피드 레벨업. 아니, 폐인급 레벨업, 그게 지금 끝났다.

그 성과인 센스 스테이터스는——

소지 SP 8

[검 Lv15] [갑옷 Lv16] [물리공격 상승 Lv10]

[물리방어 상승 Lv15] [마력 Lv10]

[마법재능 Lv10] [마력회복 Lv8] [광 속성 재능 Lv7]

[회복 Lv10] [기합 Lv15]

흘리기, 회복, 공격이라는 세 가지 시너지로 생각해낸 하이스피드 레벨업의 성과, 검 센스가 15레벨까지 성장했다.

다른 센스도 파티라면 안정적으로 빅보어와 싸울 수 있는 레벨이 되었다.

공격이 통하게 되면서 괜히 무기를 소모시키며 싸울 필요
도 없어졌기에 한 마리 더 쓰러뜨릴 수 있지 않을까 생각하
였다.

내가 내 센스 스테이터스를 확인하며 히죽히죽 웃는데,
귓가에 프렌드 통신의 착신음이 들어와서 황급히 통신을 연
결했다.

"예?! 뮤우윔아!"

얼른 메뉴를 고작하고 말하다가 혀를 깨물었다. 아파서
울상이 되었다.

[……뮤우?!]

"히, 히노. 애으래?"

아직 아픈 혀로 말하는 바람에 혀 짧은 소리가 나왔다.

[뮤우, 지금 어디야?! 약속시간이 이미 지났잖아!]

"어?!"

히노의 말에 놀라서 확인하니 약속시간을 20분이나 오버
했다.

"미안! 지금 갈 테니까!"

나는 빅보어에게 이긴 여운도 잊어버리고 마을을 향해 달
렸다.

"우우, 바쁠 때는 느리게 느껴져. ……그렇지! 새로 센스
를 입수하면!"

센스는 레벨 10마다 SP라고 불리는 포인트를 1 입수할 수
있다. 이걸로 신규 센스를 취득하거나 일정 레벨에 도달하

거나 일정조건을 만족한 센스를 성장, 파생시킬 수 있다.

나는 여기서 레벨업으로 손에 넣은 SP로 [속도 상승] 센스를 취득했다.

"우와아, 역시 빨라졌어!"

달리는 속도가 눈에 띄게 오르고, 바람을 가르며 달리는 게 즐겁다.

오면서 쓰러뜨렸던 몹인 밀버드를 피하고, 그레이랫을 뛰어넘고, 고블린의 머리를 발판 삼아 높이 점프하고, 슬라임이 따라올 수 없는 속도로 달렸다.

피라미 몹들은 이쪽이 달리는 속도를 따라올 수 없어서 몇 미터 쫓아오다가 포기하고 돌아갔다.

그리고 약속장소에 가자, 나를 보았는지 귀여운 모습으로 툴툴 화내는 한 여자애가 있었다.

"뮤우! 늦어!"

매력 포인트인 덧니도 지금은 일그러진 입 안에 숨었다.

"미안. 정말로 미안해, 히노!"

나는 힘껏 고개를 숙이며 사과했다.

"왜 이렇게 늦었어?"

볼을 불룩하게 부풀리며 '나 화났습니다'라고 온몸으로 표현하는 히노를 향해 거짓 없이 대답했다.

"약속시간까지 시간이 있다 싶어서 레벨업을 하다가 늦었어. 그러니까 미안."

솔직하게, 그리고 귀엽게 머리를 숙이고 조심스럽게 올려다보며 사과했다.

히노는 슬쩍 내 두 뺨에 손을 대어——꼬집고 잡아당겼다.

"아하, 아하, 아파아……."

"나는 장 본 뒤에 사냥도 안 가고 뮤우를 기다렸어! 그러니까 아직 레벨이 죄다 1인 상태인데 혼자만 레벨을 올리다니 너무해!"

쭈우우욱 뺨을 잡아당기는 히노에게 울상을 하며 사과하는 나. 그냥 뺨을 꼬집는 거지만 아프다. 빅보어의 돌격을 정면에서 받아내는 것보다 아플지도 모르겠다.

히노는 만족할 때까지 뺨을 잡아당기더니 작게 한숨을 내뱉고 놓아주었다.

"뮤우는 너무 자유로워."

"미안해. 하지만! 엄청난 발견을 했어!"

"엄청난 발견?"

"빅보어의 행동 패턴이 추가되었어."

나를 날카롭게 보는 히노를 향해 자랑스럽게 발견을 보고했다.

"자랑스럽게 그렇게 말하는 걸 보니 왠지 열 받아."

"아하, 아하."

다시금 내 뺨을 꼬집고 쭈우욱~ 잡아당기는 히노.

나를 두 차례에 걸쳐 뺨 잡아당기기 형벌에 처한 뒤에 히노는 한숨을 내쉬면서 지각의 벌을 결정했다.

"약속시간에 늦은 벌로 내 레벨업을 도와줘."

"그건 당연하지! 하이스피드 레벨업을 해야지!"

"정말일까~."

"정말이야!"

"그래서 빅보어로 어떤 레벨업을 했어?"

여전히 새된 눈으로 바라보는 히노는 내가 30분 가까이 벌인 사투의 하이스피드 레벨업을 듣고 풋 웃음을 터뜨리더니 배를 붙잡고 웃어댔다.

"아하하하, 알고는 있었지만 뮤우는 역시 무리하네. 저렙 상태로 빅보어를 단독 토벌하다니…… 타임어택이라도 했어?"

"으음, 그렇게 웃지 않아도 되잖아! 히노 너무해!"

"미안, 미안. 지각했을 때는 조금 화난 척을 했을 뿐이야. 난 그렇게 화 안 났어."

"다행이다~. 히노한테 미움받으면 어쩌나 했어."

평소처럼 덧니가 보이는 웃음을 짓는 히노로 돌아와서 안심했다.

"나는 뮤우를 싫어하지 않아. 오히려 좋아해, 물론 친구로서."

"그러며 웃는 히노. 그런 말을 대놓고 들으니 쑥스럽네."

"그럼 앞으로도 잘 부탁해. 뮤우."

"응, 나야말로 잘 부탁해! 히노."

둘이서 악수를 나누고 다시금 인사했다.

"그렇긴 해도 벌써 폐인급 레벨업이라니 무리하네."

"왠지 말에 가시가 있는데, 이 뒤에 바로 빅보어 잡으러 갈래? 내가 하이스피드 레벨업의 시범을 보여줄게."

"그만둘래. 레벨 1로 도전하는 건 자살행위니까. 나는 가볍게 적응한 뒤에 내 센스에 맞는 레벨업을 하고 싶으니까 그 다음에 부탁해."

그렇게 말하고 히노는 방금 딴 센스를 내게 보여주었다.

[망치 Lv1] [창 Lv1] [갑옷 Lv1] [HP 상승 Lv1]
[물리공격 상승 Lv1] [물리방어 상승 Lv1]
[던지기 Lv1] [무거운 일격 Lv1] [전사의 소양 Lv1]

"히노도 센스 구성이 베타 때랑 별로 다르지 않아."

"응, 뭐, 그러니까 무기를 두 종류 가질 필요가 있어서 지출이 좀."

그렇게 말하며 NPC제 철제 장창과 중량급 무기인 슬렛지해머를 가볍게 다루어보였다.

두 종류의 무기로 근거리, 중거리를 싸우는 파워 파이터인 히노, 베타판 때와 다름없는 스타일이다.

"뮤우도 변하지 않았잖아."

"그렇지. 목표 팔라딘!"

그러니까 히노와 함께 두 사람의 목표 레벨에 얼른 도달하도록 초식동물을 가볍게 잡자고 했지만, 히노는 턱에 검지를 대고 잠시 생각하더니 한 가지 제안을 하였다.

"모처럼이니까 임시 파티라도 모집하지 않을래?"

임시 파티. 베타판에서 히노나 타쿠 오빠, 세이 언니 같은 지인과 짰던 고정 파티와는 달리 여태까지 면식 없는 플레이어가 임시로 파티를 짜는 걸 말한다.

정식판은 오픈한 직후라서 플레이어 레벨도 별로 차이가 없으니 아주 편성하기 쉽다.

"좋아! 새로운 만남! 플레이어간의 교류의 자리! 응, 좋을지도!"

"그럼 둘로 나뉘어서 파티 멤버를 모으자! 여자 한정으로 파티 희망! 초심자 환영인 느낌!"

"좋아! 그럼 어느 쪽에 먼저 모을지 경쟁하자!"

"흐흥, 나는 안 질 거니까."

자신 있는 표정을 짓는 히노와 헤어져서 나는 임시 파티를 짜줄 사람을 찾았다.

"어떤 플레이어를 만나게 될지 기대돼!"

나는 얼굴이 풀어지는 걸 막을 수 없어서 제1마을을 돌아다녔다. 그때 윤 오빠의 모습이 뇌리를 스쳤다.

"……아까는 윤 오빠한테 꽤 심한 말을 했을까? 역시 풀죽었으려나."

분명히 오빠는 쓰레기 센스라고 불리는 걸로 센스를 구성했지만, 몇몇 센스를 바꾸면 일반적으로 플레이를 할 수 있겠지.

그럼 그때까지 내가 돌봐주면 될지도 모르겠다.

"응. 그리고 히노는 여자 한정이라고 했지만, 지금 오빠는 언니니까."

이히히. 내 안의 장난끼가 윤 오빠를 언니로 소개하며 데려가라고 속삭였다.

자, 오빠는 어디 있으려나~. 그러면서 파티에 끌어들일 만한 플레이어를 찾아 두리번거리자, 판타지에서는 보기 드문 긴 흑발의 윤 오빠를 발견했다.

광장 구석에 앉아서 아직도 풀 죽은 모습이지만, 지인인 듯한 사람이 다가가자 일어섰다.

"저건 타쿠 오빠. 오빠랑 어디 가는 걸까?"

선수를 빼앗겼다고 생각했지만, 윤 오빠랑 타쿠 오빠는 표정을 홱홱 바꾸고 장난치면서 뭔가 즐겁게 대화를 나누었다. 그 모습을 한동안 관찰했지만, 두 사람은 같은 파티를 짤 생각이 없는지 그 자리에서 헤어졌다.

"그럼 내가 이 틈에……."

말을 걸어야겠다는 마음으로 한 걸음 내딛었지만, 윤 오빠의 얼굴이 아주 시원스러운 표정이 된 것을 알아차렸다.

이제부터 열심히 하겠다는 의욕으로 넘쳐나서, 저래가지곤 파티 권유는 안 되겠다는 느낌이라 서문으로 나가는 뒷모습을 지켜보기로 했다.

서문 바깥으로 나가는 건지 인파 속에 섞이는 걸 지켜보면서, 윤 오빠를 파티에 끌어들이는 걸 포기했다.

"아아, 타쿠 오빠, 오빠를 잘도 꼬드겼네. 그럼 나도 다른 사람을 권유해야지."

누구 괜찮은 플레이어 없을까 싶어서 주위를 둘러보자, 윤 오빠와 같은 머리색을 발견했다.

뒤로 묶은 긴 흑발의 소녀였다.

판타지 세계의 마을을 둘러보는 눈은 예쁜 황수정 같은 눈동자였다.

그 아이가 셀지 약할지, 게임을 잘하는지 못하는지는 생각하지 않았다.

눈에 들었으면 바로 행동이다.

"안녕하세요."

"아, 예, 안녕하세요."

"혹시 괜찮으면 앞으로 우리랑 같이 파티 짜지 않을래요?"

갑작스러운 파티 권유에 놀랐는지 눈을 크게 뜬 여자애에게 정중하게 설명했다.

"면식이 없는 사람을 모아서 임시 파티를 짜려고 하고 있어요. 참고로 멤버는 지금 나랑 내 친구, 그렇게 둘뿐!"

내 설명에 눈꼬리를 내리며 불안한 얼굴로 묻는 여자애.

"저기, 나 같은 걸 데려가도 괜찮나요? 오늘이 처음인데요."

"괜찮아요! 나도 친구도 베타판을 꽤 해서 세거든요! 뭐, 레벨은 리셋되었지만."

알통을 만들며 강하다고 어필해보았지만, 내 가는 팔을 굽히기만 해선 별로 세 보이지 않는다. 그게 웃겼는지 키득

거리며 웃은 여자애는 표정을 풀며 이쪽의 눈을 똑바로 바라보았다.

"그럼 잘 부탁합니다. 어어……."

"뮤우야! 나는 뮤우! 잘 부탁해."

"나는 루카토입니다. 잘 부탁해요."

2화   루카토와 골렘 선생

　"뮤우야! 나는 뮤우! 잘 부탁해."

　"나는 루카토입니다. 잘 부탁해요."

　이렇게 나는 루카토, 아니, 루카를 임시 파티에 끌어들이는 데에 성공했다.

　"준비는 센스 구성에 따라 다소 변하지만, 처음에는 무기와 포션을 사는 게 기본일까. 초기 소지금은 1,000G니까, 어떤 비율로 살지도 생각해야 해."

　루카는 초심자라서 나는 그녀에게 센스나 장비 설명을 하면서 파티 멤버를 더 찾고 있었다.

　"무기 말인가요? 센스를 취득할 때에 받았는데……."

　루카는 허리에 찬 초심자의 검자루를 만졌다. 이미 있는데 왜 사는 거냐는 의문을 얼굴에 띠고 있었다.

　"메리트와 디메리트가 있어. 좋은 무기로 교환하면 공격력은 오르지만 깨지기 쉬워. 대신 초기 무기라면 잘 안 깨지지만 공격력은 낮아."

　"무기는 역시 깨지는군요."

　"그래. 하지만 너무 거칠게 쓰지 않으면 문제없어."

　턱에 손을 대고 생각하는 루카. 그리고 어쩔지 결정한 모양이었다.

　"나는 무기보다 방어구를 우선하고 싶어요."

"응, 그게 좋다고 생각해."

나는 루카와 이런저런 이야기를 하면서 마을을 걸었다. 포션 레벨에 따른 회복량 제한의 주의나 그 실패담 등을 곁들여서 웃기게 이야기하면, 그걸 들은 루카는 진지하게 얼마나 살지 고민하였다.

그런 루카에게 조금씩 가르치는 게 재미있어서 그만 시간을 잊을 뻔한 가운데, 나는 한 여자 플레이어를 발견했다.

"저기, 우리랑 같이 파티 안 짤래?" "사람이 많은 편이 재미있겠지. 게다가 우리는 강해." "그리고 남자가 있으면 안심이잖아." "그러니까 가자."

"그, 그만하세요……."

안 좋은 광경을 보고 얼굴을 찌푸렸다.

남자 플레이어 넷이 여자 하나를 둘러싸고 파티 권유를 하고 있었다.

나보다 연상인 모양인데 기가 약해보이는 여자를 상대로 헌팅이나 마찬가지인 권유. 이건 게임인데 뭔가 착각하는 걸까. 보고 있기만 해도 짜증이 났다.

"저기, 뮤우?"

"루카, 잠깐 도우러 가자."

그렇게 단언하는 내게 혼란스러워하면서도 따라오는 루카.

주위 사람들은 체격 좋은 남자들을 두려워하여 얽히지 않기로 한 모양이었다.

여기는 고전적인 방법으로 데려가도록 할까.

"늦어서 미안! 기다렸어?"

내가 남자들을 무시하고 끼어들 듯이 여자 앞에 섰다.

흠칫거리는 여자는 그대로 놀라서 굳었지만, 공연히 누구냐고 물었다간 상황이 악화될 것 같기에 억지로 그녀의 손을 잡고 데리고 나오려고 했다.

루카에게는 말을 맞춰달라고 눈짓을 보내자, 고개를 끄덕여주었다.

"그래요. 뮤우가 계속 가게에서 물건을 고르는 바람에 사냥 시간이 없어졌잖아요. 자, 가죠."

씩씩한 루카가 부드러운 미소를 지으며 여자를 남자들 사이에서 유도했다. 이쪽의 의도를 알아차린 여자는 고개가 떨어지는 게 아닐까 싶을 정도로 끄덕이며 긍정했다.

"잠깐 기다려. 뭐야, 귀여운 여자애들이 있잖아. 그럼 우리 파티에 다 들어오라고."

"뭐? 멍청하긴."

스스로도 놀랄 만큼 차가운 목소리가 입에서 튀어나왔다.

명백히 연하의 여자라고 얕잡아보았기 때문에 남자들의 얼굴이 굳었지만, 나는 단번에 말을 쏟아냈다.

"당신들은 넷. 우리는 셋. 이런데 어떻게 파티를 짠다고? 파티는 최대 여섯 명까지야."

암암리에 '시스템 몰라?'라는 의미로 말했다.

"아니, 저기……. 어이, 너, 이번에는 빠져."

"아니, 그건 아니잖아!"

"이걸로 셋이다. 자, 파티를――" "예이, 아쉽네요. 이미 여자 여섯 명이서 짜기로 했으니까 빈자리 없습니다. 안녕."――"

계속해서 말을 가로막고 이야기를 끝내며 여자를 데려가려고 했지만, 등을 돌린 순간 남자 하나의 손이 뻗어왔다.

"웃기지 마!"

"뮤우?!"

"히익?!"

루카의 목소리와 여자의 굳은 비명이 들렸지만, 문제없다. 옆으로 쓱 피하자, 남자가 앞으로 고꾸라졌다.

이쪽은 방금 전까지 레벨을 올리고 왔다. 그냥 헌팅이나 할 뿐인 놈들과는 달라.

"뭐야? 나도 못 건드리는 주제에 강하다고 한 거야? 정말로?"

여자애는 루카에게 맡기고 나 혼자서 남성 플레이어 네 명을 상대했다. 살기등등하게 나를 붙잡으려고 뻗은 손을 훌쩍 피했다. 뭐야, 뭐야, 이런 건 대인전과 비교하면 정지한 거나 마찬가지라고. 고블린 네 마리의 공격이 훨씬 깨끗한 연대였어.

하늘하늘 계속 회피하는 나를 붙잡으려던 남자 플레이어들. 그 모습을 주위의 구경꾼들에게 실컷 보여주고 나는 커다란 목소리로 말했다.

"현실과 게임을 착각하는 거 아냐? 현실에서 싸움이 강한 사람이 게임에서도 똑같이 강한 게 아냐."

"시, 시끄러워!"

내 지적에 시뻘건 얼굴을 하며 화를 내는 남성 플레이어들. 주위에서 보던 사람들은 누군가가 막아주기를 기대할 뿐이었다. 하지만——

　"오, 왔다, 왔다."

　나는 어떤 시스템의 사용을 기다리고 있었다. 그리고 그 영향이 곧바로 반영되었다.

　남자들의 몸이 발밑부터 빛의 입자로 변해 서서히 흐려졌다.

　"제길! 이건 뭐야!"

　"성희롱 격퇴의 필살기——[GM 콜]이야. 이만 안녕."

　[GM 콜]이란 플레이어가 대처 불가능한 문제를 해결하기 위한 수단이다. 게임 관리자인 게임마스터에게 연락해서 문제를 해결해달라는 것이다.

　[GM 콜]은 위반행위나 민폐 행위 등의 통고, 게임상에서 발견한 버그나 문제점의 보고 등도 접수받아서 거기에 대처한다. 이번에는 VR 특유의 신체적 성희롱 행위로 신고하였다. 충분히 쫓겨다니면서 성희롱 미수라고 판단될 만한 상황을 만든 뒤에 구경꾼 중 누군가가 [GM 콜]을 사용하기를 기다렸는데, 생각대로 되어서 나는 속으로 미소 지었다.

　남자들이 사라진 것을 확인한 뒤에 나는 루카 쪽으로 돌아왔다.

　"나 왔어, 루카."

　"나 왔어, 가 아닙니다! 무슨 짓을 하는 겁니까!"

　내가 웃으며 돌아왔는데 루카는 화를 냈다. 부드럽게 쳐진 눈썹을 곤두세웠다. 어지간해선 없는 일이지만, 윤 오빠가 진짜로 화를 낼 때만큼이나 무서웠다.

"정말로 걱정했다고요."

화내나 싶더니 이번에는 울 것 같은 얼굴을 하는 루카. 정말로 미안해!

"루카, 미안해. 하지만 이런 건 제법 익숙하니까."

변명하면서도 사과하는 나를 보고 루카는 놀랐다.

그런 헌팅 소동에 익숙하다는 것에 놀란 모양인데, 대처법만 알면 쉽게 대처할 수 있다.

"그보다도 이상한 짓 안 당했어?"

"아, 예! 괜찮습니다."

루카 뒤에 숨듯이 있는 여자애는 상기된 목소리로 그렇게 대답했다.

"도와주셔서 감사합니다."

"아니, 됐어, 됐어. 우리도 타산으로 움직인 거니까."

내 타산이라는 말에 흠칫거리는 여자애를 보며 조그만 동물 같아서 귀엽다고 생각하는데, 루카가 그녀를 진정시키기 위해 말을 걸었다.

"괜찮아요. 뮤우는 좋은 사람이에요. 아마도."

루카랑 오래 알고 지낸 게 아니니까 단언할 수 없다고 쓴웃음을 지으면서 나는 여자애에게 용건을 전했다.

"그럼 우리랑 임시 파티를 짜지 않을래?"

"어어……. 예, 부탁드립니다."

"저기……. 그렇게 간단히 결정해도 되나요? 방금 전에는 파티 권유를 싫어했잖아요."

너무 간단히 임시 파티 권유에 응해준 여자애에게 루카가 물었지만, 여자애는 아까보다 차분한 어조로 대답했다.

"그 사람들은 안심할 수 없었으니까요. 게다가 이쪽은 여자뿐이지요. 오히려 기대되네요. 잘 부탁드립니다."

그러면서 깊이 고개를 숙이는 여자애에게 나는 맡겨달라며 가슴을 펴고 대답했다.

●

히노와는 손쉽게 합류하였고, 나와 히노는 각각 여성 플레이어를 두 명씩 파티에 끌어들일 수 있었다.

"그럼 자기소개를 할까. 나는 뮤우. 스타일은 마법검사. 빛과 회복 마법을 쓸 수 있어."

"그리고 내가 히노. 무기는 망치와 창을 상황에 맞춰서 사용하는 물리 어태커. 근거리, 중거리 전투가 메인이야. 잘 부탁해."

그렇게 말하는 히노. 이제부터는 우리가 데려온 파티 멤버를 소개하게 된다.

"나는 루카토입니다. 메인으로 검을 골랐습니다."

"어어, 로시입니다. 화 속성 마법을 골랐습니다."

내가 권유한 루카와 도와준 마법사 로시. 특히 로시는 안

절부절못하는 게 왠지 못 미더운 느낌이지만, 익숙해지면 강해……지겠지.

"나는 네코야라고 합니다. 척후와 은밀, 도적 같은 시프 계열 센스 구성에, 무기는 갈퀴와 투척 나이프입니다."

"나는 미리잠. 장비는 이 손도끼와 방패야."

히노가 데려온 건 서포트 역할에 가까운 네코야와 자신만만한 미리잠이라는 애였다.

미리잠은 여러모로 대단할 듯했다. 말괄량이라는 말이 잘 어울릴 듯한 타입의 사람은 협조성이 별로 없지만 팍팍 밀어붙이는 공격형이 많다.

그런 플레이어는 센스 조합이나 전투법으로 폭발적인 강함을 가지는 경우가 있지만, 그와 동시에 파티의 멤버를 가릴 필요가 있다.

나나 히노만이라면 그녀에게 맞춘 파티를 짜겠지만, 루카나로시, 네코야와 함께라면 보폭을 맞출 수 있을지 불안해진다.

"그럼 얼른 사냥 갈까?"

"아니, 잠깐만 기다려!"

벌써부터 선두로 나서서 이동하려는 미리잠을 내가 제지했다.

"아니, 이제 막 센스를 장비하고 초기 장비를 가졌을 뿐인 상태니까 포션 같은 걸 사서 가자!"

"뭐? 네가 회복해줄 거니까 필요 없잖아."

분명히 나는 회복 마법을 쓸 수 있다고 했지만, 포지션은 마법검사라고. 이해하는 걸까?

"뮤우, 여기는……."

"휴우, 알았어. 내가 후위로 갈게."

그러면 전위가 검사인 루카, 히노, 탱커인 미리잠, 이렇게 셋이다.

후위가 나와 로시라는 구성이 된다.

네코야는 자연스럽게 유격이라는 포지션이 되었다.

밸런스를 생각하면 나쁘지 않지만, 조금 더 의논해야지. 결과는 같아도 의논해서 정하는 편이 파티의 재미인데!

"어어, 분명히 뮤우는 회복을 쓸 수 있지만, 마법과 아이템을 양쪽 다 준비하면 각각의 이점을 살릴 수 있지요. 그러니까……."

오오, 마법사 로시가 용기를 내서 미리잠에게 의견을 내놓았다.

"그러니까 뭐?"

"아뇨, 저기……. 죄송합니다."

부탁이니까 거기서 수그러들지 마! 라고 말할 뻔하는 나.

마찬가지로 히노도 어깨를 으쓱였지만, 구원의 신은 그대로 우리를 저버리지 않았다.

"자, 자, 그렇게 가시 돋친 소리 하지 마. 유비무환이라고 하잖아? 사서 안 쓰면 그건 그거대로 괜찮잖아?"

"……알았어."

다소 불만인 듯이 납득하는 미리잠. 로시가 하고 싶은 말을 네코야가 대변해주었기에 NPC 가게로 가서 소모품을 보충할 수 있었다.

그 외에도 현재의 초심자 무기를 팔고 NPC제 장비를 갖출까, 아니면 장비를 그대로 유지하고 돈을 모을까 하는 이야기에서 성격을 알 수 있었다.

로시와 네코야는 무기를 그대로 유지하고 돈을 모으는 방침이고, 미리잠은 도끼와 방패를 교체하는 쪽으로 결정했다.

그리고 NPC의 무기점 안에서는……

"으으으으…… 돈이 모자라. 공격을 택할지, 방어를 택할지."

미리잠은 아까부터 10분 가까이 고민하였다. 뭐, 고민하는 건 나도 싫지 않으니까 느긋하게 잡담하면서 기다렸다. 그동안에 루카, 로시, 네코야와도 꽤나 친하게 이야기할 수 있게 되었다.

"좋아! 도끼로 정했어!"

"그럼 사냥 가자. 약한 몹부터 단계적으로 쓰러뜨리면 금방 어느 정도 레벨이 올라. 나랑 히노는 적의 움직임이나 특징을 가르쳐주면서 레벨을 올릴게! 여기서 제일 가까운 동문으로 나가서 시작하자!"

그렇게 말하고 다함께 이동했다.

동문으로 나가서 평원 근처의 장소에는 초심자용 튜토리얼이라고 할 만한 초식동물 몬스터가 출현하고, 숲과 평원의 경계 부근에는 그보다 다소 강한 블루 슬라임이나 고블린 등이 출현한다.

그리고 필드에서는──이미 다른 파티가 몬스터의 출현을 기다리고 있었다.

"어이, 어이, 쓰러뜨릴 적이 없잖아!"

"아차~, 한 발 늦었나. 뮤우, 어쩌지?"

"어쩌냐고 해도 뾰족한 수가 없어, 히노."

　베타판에서는 플레이어 인구가 그리 많지 않았기 때문에 사냥터 다툼 같은 상황이 없었지만, 정식판에서는, 게다가 오픈 첫날에는 로그인 인구가 많아질 것을 예상할 수 있었다.

　몬스터가 리젠된 순간 그대로 압살하는 6인 파티의 모습을 보면 어떻게 손쓸 수 없는 기분이 들었다.

"이게 빡빡한 게임 세계야."

"꿈꾸던 판타지 세계와는 다르네요."

　어딘가 달관한 네코야의 말에 로시는 현실에 비틀거렸다.

"어이, 어이, 어쩔 거야. 이래선 파티를 짠 의미가 없잖아."

"자, 자. 진정하세요."

　분개하는 미리잠을 다독이는 루카.

　이렇게 되었으면…….

"으음. 이대로 이 사냥터가 비기를 기다릴까. 아니면 몹이 조금 강하지만 사람이 적은 곳을 이동할까인데?"

"그렇게 되었으면 마을에서 떨어진 장소 근처를 노릴까? 아니면 거기에 인접한 에어리어."

"뭐야. 좋은 장소가 있잖아. 그리로 가자."

"잠깐 기다려. 모두의 의견을 들어야지!"

혼자서 결정하고 이동하려는 미리잠을 내가 제지하자, 다소 퉁명스럽게 알았다는 대답이 돌아왔다.

히노가 설명했다.

"뮤우가 말한 곳은 어디까지나 일례고 동쪽 외에 서쪽에도 에어리어는 있으니까 그쪽으로 가보고 단계적으로 사냥한다는 수도 있어. 나로서는 서쪽이 나을까. 경험치 효율은 나쁘지만, 비교적 쓰러뜨리기 쉬운 몬스터가 출현해."

동쪽은 초식동물을 시작으로 블루 슬라임, 고블린 등.

서쪽에 출현하는 몬스터는 들개, 박쥐, 포레스트 베어 등. 남서쪽으로 치우친 좁은 지역에서 출현하는 포레스트 베어 외에는 편한 상대라고 내가 설명했다.

"어어, 나랑 히노는 이번에 서포트로 방안을 내놓을 뿐이니까, 넷이서 이 두 가지 방안 중에서 다수결로 정해줘."

"동쪽이냐 서쪽이냐, 입니까."

루카는 내용을 음미하듯이 생각에 잠기기 시작하고, 미리잠과 네코야는 재빨리 결정을 내렸다.

"나는 이동이 귀찮으니까 이대로 동쪽이 좋아. 네코야는 어쩔래?"

"으음, 나도 리스크가 커도 얼른 레벨을 올릴 수 있는 동쪽일까."

"그럼 너는 어쩔래?"

"히잇?! 저, 저 말인가요?"

미리잠은 로시에게 의견을 구했다.

"어어, 저는 너무 성급히 적이 강한 곳에 가고 싶지 않으니까 서쪽……, 아니, 어느 쪽이든 좋아요."

"좋아, 결정됐어! 동쪽이 둘에 기권이 하나. 어떻게 기울든지 서쪽은 아니니까 가자!"

네코야를 데리고 얼른 동쪽 평원의 안쪽으로 가는 미리잠. 로시는 아직 발언하지 않은 루카를 걱정하듯이 보았지만, 루카 본인은 어쩔 수 없다는 느낌으로 쓴웃음을 지었다.

"루카는 어느 쪽으로 가고 싶었어?"

나는 루카에게 물어보았다.

"나 말인가요? 이미 다수결로 결정났잖아요."

"그러니까 그래. 확실히 의견을 들어야지."

"후후, 그렇군요. 나는 아직 잘 모르니까 서쪽으로 하고 싶었어요. 하지만 이제부터 가는 곳도 기대되네요."

루카는 부드러운 미소를 띠었다.

그리고 우리는 사람이 적은 곳을 찾듯이 평원과 숲의 경계를 걷다가 딱 좋은 에어리어를 발견했다.

"여기라면 사냥할 수 있겠어."

장소는 남쪽 습지 근처라서 꽤나 구석진 곳이었다. 마을과 거리가 있기 때문에 사람도 적었다.

"얼른 몹을 잡자!"

"날 두고 가지 마."

"미리잠, 네코야, 기다리세요."

근처의 초식동물에게 돌격하는 미리잠. 그리고 다른 초식동물에게 공격을 시작하는 네코야. 두 사람의 뒤를 쫓는 로시는 전투에 참여할 타이밍을 재지 못하여 허둥거렸다.

전투는 네코야 자신의 스테이터스가 아직 낮은 탓에 다소 고전하는 듯했다.

"자, 로시. 적의 움직임이 멈추었으니까 지금이 기회야."

"으, 응! ——〈파이어 볼〉."

지팡이를 휘둘러서 만들어낸 불구슬이 똑바로 초식동물에게 명중하여 큰 대미지를 입혔다.

파티플레이와는 거리가 먼 싸움에 쓴웃음을 짓는 히노와 자기는 어떤 타이밍으로 들어가야 할지 망설이는 루카.

"나는 미리잠과 손발을 맞추면서 네코야와 로시도 서포트할 테니까."

파티의 연대를 보고 내가 서포트에 가담하겠다고 말했다.

"그럼 나는 루카랑 짤게."

히노는 그렇게 말하고 루카에게 센스 구성이나 몬스터의 특징을 가리키면서 레벨업에 임했다.

에어리어의 경계 부근에는 초식동물 이외에도 슬라임이 섞여서 출현한다.

"자! 이거라도 먹어!"

"HP 관리도 좀 하자. ——〈힐〉."

방패로 때리고 도끼를 휘두르며 방어 무시로 혼자 싸우는 미리잠에게 내가 회복 마법을 썼다.

심플한 전투법으로 초식 동물만이 아니라 슬라임도 위에

서 내리쳤다. 그걸 본 로시와 네코야도 의욕을 내어서, 두 사람 다 쓰러뜨리기 쉬운 슬라임 한정으로 공격하였다.

"미리잠, 뒤에서 적이 와!"

"알고 있어. 아앗, HP가 또 줄었어! 회복 얼른!"

주의가 전방에 집중된 미리잠의 뒤에서 공격하는 슬라임을 내가 〈라이트숏〉으로 쓰러뜨리고 힐로 회복해주었다.

문득 히노와 루카에게 시선을 돌렸다.

"슬라임의 약점은 핵이야. 그러니까 루카의 경우는 검으로 핵을 노려서 찌르든가 베는 게 유효할까. 내 경우면 망치로 핵 주위를 때리는데."

"나는 점이나 선, 히노는 면 공격인가요?"

"그래, 그래. 몬스터마다 약점이나 움직임에 특징이 있으니까 그걸 알아두면 레벨 차이가 있어도 대처할 수 있으니까."

"히노의 설명은 꼼꼼해서 참고가 됩니다."

진지한 표정으로 히노의 이야기를 듣는 루카. 둘이서 전투와 반성을 거듭하는 모습을 보면 점점 움직임이 좋아졌다.

처음에는 어떻게 싸워야 할지 모르는 몬스터를 상대로 실전에서 배우고 히노와의 연대로 몬스터를 격파한다.

"좋아! 내 [도끼] 레벨이 6으로 올랐어."

"빠르네. 나는 아직 4야."

"저, 저도 4에요."

각자가 리젠된 몹을 격파하여 레벨을 올리는 가운데 신나게 싸우던 미리잠은 벌써 레벨이 6으로 오르고 네코야, 로시도 순조롭게 레벨을 올렸다.

"분위기 타기 시작했어! 다음은 고블린을 격파하러 가자!"

"저기, 나는 아직 레벨이 3이니까 여기서 조금 더 싸웠으면 하는데요."

조심스럽게 발언하는 루카. 그 말에 미리잠은——

"그거라면 약한 사람을 서포트 둘이 중점적으로 지키면 되잖아? 나는 더 빨리 레벨을 올리고 싶어."

그렇게 말하며 파티의 보폭을 맞추려고 하지 않았다.

루카는 아직 레벨이 낮지만, 지금은 플레이어 스킬 쪽을 중점적으로 배우고 있다. 그러니까 약한 게 아니다. 히노도 레벨은 낮지만, 플레이어 스킬을 살려 행동하니까 고블린 정도라면 상대할 수 있다.

"……어쩌지, 루카?"

나는 루카에게 물었다. 나와 히노가 임시 파티를 짠 이유는 어디까지나 다함께 파티의 분위기를 즐기고 싶었기 때문이다. 그러니까 이렇게 보람 없는 파티를 계속 유지할 필요는 없었다.

루카의 말을 기대하면서——

"알겠습니다. 안쪽으로 가죠. 다만 한 마리씩 안전하게 쓰러뜨리고 싶네요."

타협안을 말하는 루카. 나는 스스로가 인내심이 없는 걸 자각하였다. 루카는 아직 포기하지 않았다.

"그럼 세 명씩으로 나뉘어서 서로 돕는 건 어때? 난 뮤우,

루카랑 하고, 미리잠, 네코야, 로시란 느낌으로."

밸런스도 나쁘지 않기 때문에 히노의 제안은 쉽사리 통과되었다.

"그럼 갈까!"

네코야와 로시를 데리고 선두로 걸어가는 미리잠. 우리는 그런 그녀의 뒤를 따라갔다.

●

고블린을 상대로 싸우는 미리잠 파티는 어설픈 연대로나마 한 마리씩 격파했지만, 여기서부터는 포션을 쓰게 되었다.

"칫, 왠지 잘 안 되네. 서포트, 회복!"

한 마리 쓰러뜨리는 데에 로시가 〈파이어 볼〉로 첫 공격을 가하고 미리잠과 네코야가 에워싸고 물리 공격으로 쓰러뜨리는 방식이었다. 미리잠이 돌격한 뒤에는 로시가 마법 타이밍을 잡지 못해서 꿔다놓은 보릿자루 신세였다.

미리잠이 내게 회복 마법을 요구했지만, 회복하기 전에 다음 몹과 전투를 시작하기에 대처하기 힘들었다.

한편, 우리 셋은——

"고블린의 약점은 목, 왼쪽 가슴. 여기를 중점적으로 공격하면 쓰러뜨리기 쉬워."

그렇게 말하며 히노가 창을 써서 고블린의 움직임을 제압했을 때 루카가 돌진력을 실은 찌르기를 날렸다.

일격마다 급소를 노려서 한 마리에 걸리는 시간을 줄인다. 익숙해지면 자연히 거기를 노리게 되니까 빗나가도 그 주위에 맞는 경우가 많다.

이러면서 단순히 무기를 휘두르는 미리잠과 적의 급소를 노려 짧은 시간에 쓰러뜨리는 루카의 차이가 조금씩 드러나기 시작했다.

그리고 힘들어진 미리잠은 예상 밖의 행동을 취했다.

"에잇! 한 마리 한 마리면 귀찮아! ──〈헤이트 바인드〉!"

"그걸 여기서 사용하면 안 돼!"

한 마리씩 상대하기로 정했을 텐데, 미리잠은 [방패] 계열 센스의 도발 스킬을 발동시켰다.

미리잠 한 명에게 주위에 있는 몹들의 어그로, 즉 적개심이 모이는 행동, 비선공 몹이 선공으로 바뀌고, 선공형 몹이 넓은 범위에서 모여드는 도발 스킬.

"도망가자, 루카."

"어?! 하지만."

"됐으니까! 도주로를 확보하게!"

히노는 루카를 데리고 후퇴하기 시작했다. 그 도중에 이쪽으로 향하는 몹을 쓰러뜨렸다.

"네코야도 로시도 얼른 도망쳐!"

"어?! 왜 그래?"

나는 네코야와 로시가 도망갈 수 있도록 후진을 맡았다.

그리고 미리잠을 향해 모여든 그레이랫과 밀버드. 그걸

본 미리잠은 굳은 얼굴로도 씩씩하게 미소를 지으면서 도끼를 휘둘렀다.

"미리잠! 지금 도망가지 않으면 늦어!"

"뭐야! 겁먹었어?"

"그게 아냐! 하지만 여기선 안 돼!"

"겁먹었으면 계속 회복만 해줘!"

내 설득은 미리잠에게 통하지 않았다. 미리잠은 대미지를 받으면서도 덤벼드는 그레이랫과 밀버드에게 도끼를 휘둘러서 계속 쓰러뜨렸다.

그걸 본 로시는 도망치는 도중에 멈춰 서서 레벨이 오른 〈파이어 볼〉로 그레이랫을 쓰러뜨렸다.

"뮤우. 왜 그리 허둥대?"

"여기는 남쪽에 가까우니까 남쪽의 몹도 섞여서 온다고. 보통은 습지대에서 안 나오는 적이 올 수 있어. ——왔다!"

주위에 퍼진 도발 스킬의 효과에 이끌린 그것이 나무 사이에서 튀어나왔다. 그건 개구리 형태 몹인 무어 프로그였다.

나는 그걸 본 순간 움직였다.

"두 사람 다 도망쳐!"

로시와 네코야에게 도망치라고 말하고 나는 마지막으로 미리잠에게 회복 마법을 걸었다. 이걸로 그녀의 HP는 완전히 회복되었다. 하지만——

"뭐야, 새로운 적——"

말을 끝까지 하기도 전에 미리잠은 단 일격에 쓰러졌다.

무어 프로그의 혓바닥 공격이 100퍼센트의 HP를 단번에 깎아낸 것이다.

저항할 틈도 없이 쓰러진 미리잠의 모습에 로시와 네코야가 간신히 위기감을 품고 뛰기 시작했다.

나는 후진으로 남아서 무어 프로그의 추격에 맞섰다.

제일 많이 어그로를 모은 미리잠이 쓰러진 지금, 다음으로 표적이 되는 건 파티의 나머지 멤버다.

"——〈라이트 실드〉!"

무어 프로그의 혓바닥 공격을 광 마법의 장벽으로 막아내고 도망쳤다. 하지만 내가 할 수 있는 것은 무어 프로그 한 마리에게 대처하는 것뿐이지, 나머지 그레이랫과 밀버드의 공격은 버티면서 후퇴할 수밖에 없었다.

"뮤우?! 에잇——〈파이어 볼〉!"

로시가 공격 마법을 쏘자 불구슬이 나와 몬스터들 사이의 풀밭을 태우면서 시야를 가렸다. 이 타이밍을 타고 우리는 단숨에 평원을 빠져나갔다.

"저기가 에어리어의 경계!"

퇴로에 나타난 몬스터는 히노와 루카가 쓰러뜨렸고, 나는 그저 계속 달릴 뿐이었다.

그리고——

"무어 프로그만 돌아간다!"

"그럼 나머지는 쓰러뜨리면 돼, 히노."

"응!"

우리가 에어리어를 넘은 단계에서 무어 프로그는 숲 안쪽으로 돌아갔다. 혼자서도 우리를 전멸시킬 수 있는 몹이 사라졌으니, 우리는 나머지 몹들에게 공격 행동으로 나설 수 있다.

"간다. ──〈라이트 웨이브〉!"

"날아가라. ──〈스매시〉!"

나는 레벨이 오르면서 습득한 광 마법의 범위 공격을 상공에 쏘았고, 히노가 지면에 내려진 슬렛지 해머의 충격파로 지상의 적 전체에게 대미지를 주었다.

나와 히노의 범위공격으로 근처에 접근한 몬스터를 죄다 해치울 수 있었다. 하지만 아츠와 마법 스킬의 대기시간 때문에 곧바로 같은 행동을 할 순 없었다.

"그럼 순서대로 쓰러뜨릴 수밖에! 합!"

"옛날 생각나네! 베타판에서도 뮤우랑 같이 난리쳤는데!"

히노와 나는 서로 사각을 지키듯이 서서 덤벼드는 몬스터들을 베어 넘겼다.

적의 공격을 순간적으로 판단하고 순서에 따라서 쓰러뜨렸다. 전투의 주도권을 쥐기 위해 항상 상대의 선수를 제압했다.

그래도 막아낼 수 없는 몹은 우리를 통과해서 다른 이들 쪽으로 흘러갔다.

"루카, 네코야! 막아!"

"하압! 얍!"

대답 대신 검을 휘두르는 기합소리가 울렸다.

루카가 한 손으로 휘두르는 숏소드가 몹의 약점을 정확하게 일격에 베어서 해치웠다. 또 우리와 마찬가지로 전투의 주도권을 쥐기 위해 근거리나 공격 모션에 들어간 적에게 우선순위를 매겨서 순서대로 쓰러뜨렸다.

"──〈파이어 볼〉!"

로시의 지원 공격에 반응해서 루카는 그 자리에서 물러났다.

불덩어리가 몹의 밀집지점에 꽂히며 많은 몹을 쓰러뜨렸다.

방금 전까지 미리잠과의 연대에서는 아군까지 휘말려들까 경계하여 첫 공격을 했을 뿐이지, 그 외에는 외곽에 있는 몹들에게 산발적으로 날리는 식으로밖에 쓰지 않은 마법이지만, 여기서 딜러로서의 진짜 화력에 로시 본인이 눈을 껌뻑였다.

"대단해, 루카. 전위인데 전체를 파악하고 있어."

히노는 루카의 움직임을 보면서도 해머를 휘두르는 손을 멈추지 않았다. 나도 루카의 재능을 직접 보고 한 마디.

"탐나네. 아니, 같은 파티에 있고 싶어."

무슨 물건마냥 탐난다고 했지만, 꼭 우리 파티에 끌어넣자. 그건 이미 결정이다.

그동안에도 루카는 네코야의 움직임도 파악하고 우선순위가 높은 몹을 쓰러뜨린 뒤 다음 적을 끌어들였고, 물러나는 타이밍에 로시의 마법이 꽂혔다.

그 사이클을 견실하게 반복하면서 조금도 흐트러짐을 보

이지 않는 높은 집중력을 보였다.

"이걸로 끝! ──〈라이트 웨이브〉!"

나머지 몹들을 내 범위마법으로 쓸어버렸을 때 전원이 그 자리에 주저앉았다.

"설마 파티를 맺은 사람이 MPK를 할 줄은 몰랐어. 게다가 자멸했고."

MPK──몬스터 플레이어 킬은 몹을 이용하여 다른 플레이어를 공격하는 행위다.

무어 프로그가 나오지 않아도 운이 나빴으면 우리도 당했다. 그걸 생각하면 한 마디 하고 싶지만, 지금은 아무도 불평할 기력이 없었다.

"아무튼 일단 돌아가죠."

루카가 그렇게 제안했기에 우리는 일어서서 일단 마을로 돌아가기로 했다.

●

"너희 때문에 데스 페널티를 먹었잖아!"

"멋대로 행동해서 우리를 MPK 할 생각이야?!"

마을로 돌아온 뒤 혼자 죽어서 마을로 돌아왔던 미리잠과 얼굴을 마주치고 서로 주고받은 말이었다. 나와 미리잠은 언쟁을 벌인 끝에 최종적으로는 싸우고 결별하는 형태가 되었다. 떠날 때 미리잠에게서 꽤나 심한 소리도 들었다.

"저기…… 괜찮나요, 뮤우?"

루카가 조심조심 물었다.

"괜찮아, 괜찮아! 그보다 잠깐 쉰 뒤에 다시 사냥 갈래? 아까 대량으로 쓰러뜨렸으니까 환금해서 아이템을 보충하고, 다음에는 서쪽에 가보자!"

그런 일이 있은 뒤라서 파티 내의 분위기가 어둡기 때문에 애써서 밝게 대답했다.

이번에는 적을 쓰러뜨릴 뿐만이 아니라 모험에서 쓸 수 있는 잔재주나 기술, 에이리어에서 채취할 수 있는 아이템 등을 가르치면서 모험을 하자고 말했더니 분위기가 다소 좋아졌다.

그 뒤에 느긋하게 모험을 하면서 다들 만족할 수 있었다.

그리고 헤어질 시간.

"어어, 도중에 이상한 일이 생겨서 미안해."

"아, 아뇨. 도움도 받았고 연대의 중요성 같은 것도 많이 배웠습니다!"

로시의 말에 네코야도 고개를 끄덕였다.

"그래. 나도 많이 배웠어. 아까 쉴 때에 로시랑 말했는데 둘이서 파티를 짤 생각이야."

로시와 네코야는 앞으로 둘이서 파티를 짜고 모험을 할 생각이라고 했다. 우리와의 플레이어 스킬 차이를 실감하고 언젠가 따라잡겠다고 기합을 넣었다.

그리고 루카는——

"오늘은 고마웠습니다."

"아니, 나도 즐거웠어! 하지만 미안. 내가 미리잠을 데려와서."

"아뇨, 히노 탓이 아니에요."

"그래. 그리고 저기…… 루카가 좋다면 내일 또 안 만날래? 안 될까?"

내가 조심스럽게 부탁하자 루카는 가볍게 웃음을 띠었다.

"알겠습니다. 그럼 내일 오전에 만나기로 할까요?"

"응! 약속!"

좋아, 약속을 따냈다! 나는 속으로 주먹을 움켜쥐었고, 오늘의 임시 파티는 해산하였다.

저녁 시간에 오늘 있었던 일을 오빠에게 이야기하고 목욕한 뒤에 내일 일을 생각했다.

"으음, 어떻게 정식 파티 멤버로 끌어들인담?"

파티 전체를 파악하는 능력, 적에게 둘러싸여도 당황하지 않는 냉정한 판단력. 이건 파티의 사령탑으로서 꼭 필요하다.

"그래. 실제로 사령탑을 맡겨보자!"

욕조에서 벌떡 일어나서, 몸에서 흘러내리는 물을 목욕타월로 닦고 욕실에서 나왔다.

"미우. 감기 안 걸리게 머리 잘 말려!"

"알았어!"

거실 앞에서 엇갈린 오빠의 말을 들으면서 서둘러 내 방으로 뛰어들어 히노에게 메일을 보냈다.

"작전 입안. 루카에게 사령탑의 재미를 가르치자."

그 뒤로 메일로 작전회의를 하고 밤 동안에 히노와 빅보어로 하이스피드 레벨업을 하며 준비를 갖추었다.

●

"뮤우, 히노. 정말로 여기인가요?"

"응! 오늘은 루카한테도 OSO의 잔재미를 가르쳐주고 싶어!"

어젯밤에 메일로 히노와 연락을 주고받으며 어떻게 루카와 정식 파티를 짤지 의논한 결과 [골렘 선생님]을 하기로 했다.

"지금 가는 곳은 서쪽의 채석장 에어리어야. 그리고 목표는 거기의 보스인 골렘이야."

"어어, 불온한 단어가 들린 듯한데. 보스라니, 설마 지금 쓰러뜨리러 가는 건가요?"

"아냐, 아냐. 목적은 골렘으로 레벨을 올리는 것. 루카는 아츠를 100번 성공시키면 돼."

골렘과의 전투로 하이스피드 레벨업. 그리고 아츠를 100번 성공시키는 의미는 아직 비밀이다.

"루카는 파티의 사령탑으로서의 역할에 재능이 있다고 봤어. 그러니까 우리한테 지시를 내려줘."

"두 사람에게 지시를? 두 사람 쪽이 경험도 있고, 무엇보다 아츠를 100번 성공시키는 건 무리예요."

골렘과 싸우는 것도 그렇지만, 아츠를 100번 성공시키는 것에 위축되는 루카.

"괜찮아. 못 쓰러뜨려도 돼. 아츠를 100번 성공시킬 뿐. 루카가 우리에게 지시를 내려서 자기가 공격할 틈을 만들면 돼."

"하지만 내 지시로 졌다간."

"에이, 그렇다고 우리는 원망하지 않아."

"다들 멋대로 움직였다간 이미 파티가 아냐. 솔로의 집단. 그러니까 파티의 사령탑에게는 목표를 위해 절대적인 신뢰를 두고 싸워. 그러니까 그러기 위해 아츠 100번 성공을 목표로 하는 거야!"

그게 성공하면 달성감과 동시에 좋은 걸 손에 넣을 수 있다고 웃어주자, 루카의 당혹스러운 표정이 의욕으로 가득해졌다.

"알겠습니다. 기대에 부응할지는 모르겠지만 해보지요. 일단 뮤우와 히노의 레벨과 포지션, 역할을 확인할까 합니다."

우리는 서로 센스 스테이터스를 공개했다.

[뮤우] 스테이터스

소지 SP 7

[검 Lv15] [갑옷 Lv16] [물리공격 상승 Lv11]

[물리방어 상승 Lv15] [속도 상승 Lv3]

[마법재능 Lv11] [마력 Lv11] [광 속성 재능 Lv8] [회복 Lv11]
[기합 Lv15]

대기
[마력 회복 Lv9]

[히노] 스테이터스
[망치 Lv12] [창 Lv7] [갑옷 Lv10] [마력 Lv10] [HP 상승 Lv13]
[물리공격 상승 Lv13]
[물리방어 상승 Lv10] [던지기 Lv3] [무거운 일격 Lv11]
[전사의 소양 Lv7]

[루카토] 스테이터스
[검 Lv6] [갑옷 Lv4] [마력 Lv3] [HP 상승 Lv3]
[물리공격 상승 Lv4] [물리방어 상승 Lv4]
[체력 회복 Lv2] [속도 상승 Lv3] [파티 Lv2] [검사의 소양 Lv3]

어젯밤에 급히 레벨업한 히노는 추천 레벨 25 이상의 골

렘을 상대로 일단 일격에 쓰러지지 않는 최소수준까지 올렸다. 다만 물리 스테이터스 중시의 골렘에게는 지금 단계에서 히노의 공격이 거의 통하지 않겠지.

파티 안에서 골렘에게 유효타로 들어가는 것은 나의 광 마법뿐이다.

서로 작전이나 역할, 행동을 정리하자 서쪽의 채석장에 있는 골렘 앞까지 도달했다.

"뮤우가 정면에서 유인을. 히노는 배후에서 공격하여 자세를 무너뜨리길 부탁하겠습니다."

"알았어. 히노, 할 수 있지?"

"베타 때는 해머로 골렘을 데굴데굴 굴렸으니까 여유!"

슬렛지 해머를 가볍게 휘두르며 의욕을 보이는 히노.

"그리고 나는 골렘의 자세가 무너졌을 때 아츠를 날리겠습니다."

루카는 이런 방식으로 되겠냐는 기색이었지만 문제없다.

"자, 그럼 시작해보실까! ——〈라이트 슛〉!"

골렘의 머리를 향해 광탄을 날리고 나는 정면에서 달려갔다.

"자, 이쪽이야!"

골렘을 끌어들이기 위해서 몇 번이나 광 마법을 날려서 어그로를 벌며 골렘이 휘두르는 주먹을 피했다.

골렘이 휘두르는 주먹의 풍압에 식은땀을 흘리면서도 이쪽의 회피는 멈추지 않았다.

그리고 골렘이 수차례 주먹을 휘두른 타이밍에 히노가 튀

어나왔다.

"하압——〈임팩트〉!"

작은 몸을 한층 낮추고 골렘의 발치로 뒤에서 접근했다. 주먹을 휘두르기 위해 한층 상체를 뒤로 젖힌 골렘의 발치를 해머로 풀스윙했다.

둔한 소리가 울렸지만, 그래도 대미지를 거의 받지 않은 골렘. 그래도 아츠의 넉백 효과로 골렘은 발을 헛디디며 뒤로 쓰러졌다.

히노는 골렘이 쓰러지는 것에 휘말리지 않도록 빠져나와서 나와 엇갈릴 때 하이터치를 하더니 그대로 골렘의 공격 범위에서 크게 이탈했다.

"갑니다!"

"루카! 공격해!"

쓰러진 골렘에게 다가가는 루카. 등을 펴고 두 손으로 든 숏소드에 의식을 집중하여 아츠를 날렸다.

"——〈델타 슬래시〉!"

파고들어서 날린 삼연격이 들어갔다. 하지만 대미지는 거의 없어서 바위 몸에 얕은 흔적을 남겼을 뿐이었다.

거기에 순간 낙담한 표정을 보이면서도 곧 자기의 본래 목적을 떠올린 루카는 골렘에게서 거리를 벌리고 히노와 함께 다음 공격 타이밍을 재었다.

"뮤우, 이런 느낌이면 될까요?"

"그래! 계속 간다!"

그렇게 말하면서 나는 다시금 〈라이트 슛〉을 연발하였다.

이번에는 골렘이 근접하여 짓밟는 공격을 하였지만, 한쪽 다리를 들면 히노가 단숨에 파고들어서 축이 되는 다리를 해머로 때렸다.

흙먼지를 일으키면서 쓰러지는 골렘에게 루카가 접근하여 다시금 아츠를 날렸다.

방금 전보다도 〈델타 슬래시〉로 입히는 상처가 커지는 것을 보면 레벨업의 효과가 드러났다.

전투는 단순작업이 되고, 루카는 항상 견실한 행동을 취했다.

"뮤우! 물러나세요! 움직임이 다소 둔해졌습니다."

"알았어! 히노, 철수!"

아마 루카가 아츠를 서른 번 정도 넣었을 때일까. 나는 골렘의 공격을 피하는 동안에도 광 마법을 써서 어그로를 버는 작업을 반복했다.

골렘에게 결정타를 넣진 못해도 HP, MP 모두 안전선을 지키면서 싸웠던 것 같은데, 루카에게 나온 철수 신호.

우리는 골렘과의 전투에서 이탈하여 경계선 근처의 세이프티 에어리어까지 돌아왔다.

"뮤우, 괜찮은가요?"

"괜찮아. 어, 어라?"

왠지 다리가 풀리는 바람에 루카의 부축을 받았다.

"미안. 지친 모양이야."

나도 모르는 사이에 정신적 피로가 쌓였던 모양이다. 골렘과의 체격차이에서 받는 압박감이나 공격을 맞아선 안 된다는 긴장감이 길게 지속되면, 당연히 집중력도 끊어지겠지.

"뮤우는 쉬도록 하세요. 나와 히노만으로 계속하겠습니다."

"그럼 다녀올게."

나는 세이프티 에어리어에서 루카와 히노의 뒷모습을 바라보았다.

히노는 무기를 해머에서 장창으로 바꾸고 골렘과 대치했다.

한 차례 전투에서 이탈했기 때문에 완전히 회복한 골렘을 상대로 히노는 창을 이용한 중거리 견제를 반복하여 어그로를 쌓았다.

"하압! ──〈델타 슬래시〉!"

루카는 히노가 골렘의 주의를 끄는 동안에 배후에서 대기시간──발동까지의 시간이 짧은 〈델타 슬래시〉를 날리고 떨어졌다.

"루카. 그쪽으로 어그로가 넘어갔어!"

"알겠습니다! 회피에 전념하겠습니다."

장창이면 대미지가 낮기 때문에 루카가 몇 차례 아츠를 날려서, 골렘이 루카 쪽으로 타깃을 돌렸다.

히노는 골렘이 자기를 보지 않기 때문에 무기를 해머로 바꾸고 골렘의 등에 최대한 강한 공격을 날렸다.

"──〈브레이크 해머〉!"

상단에서 휘두른 해머가 골렘의 내부에 충격을 전달했다.

"이걸로 날 무시할 수 없어. ——〈임팩트〉!"

〈브레이크 해머〉가 방어 저하 효과를 갖는 아츠라면 〈임팩트〉는 단순히 물리적으로 강한 공격을 하는 아츠다.

방어력 저하에 이은 강한 공격을 뒤에서 맞아 앞으로 고꾸라지는 골렘. 지금 일련의 동작으로 히노에게 타깃이 돌아왔다.

"지금 당장 내가 공격하면 또 내 쪽을 볼 테니까 버텨주세요!"

"그럼 또 창으로 대미지 조절을 할까."

히노가 다시금 해머에서 장창으로 무기를 바꾸어 골렘을 끌어들였고, 루카가 아츠를 먹였다. 이미 몇 번 아츠를 날렸는지 모르겠지만, 루카의 움직임이 꽤나 좋아진 게 보였다.

"히노. 슬슬 휴식하죠."

루카의 제안에 두 사람이 내가 있는 세이프티 에어리어까지 돌아왔다.

골렘 레벨업을 시작하고 시간이 제법 흘렀다. 역시나 히노와 루카에게도 피로가 보였다.

"50번 정도 아츠를 썼나?"

"아까 걸로 61번입니다. 레벨은 극단적으로 오르는군요."

꼼꼼하게 다 세고 있던 루카. 레벨업으로 성장한 스테이터스를 구경하였다.

소지 SP 2

[검 Lv11] [갑옷 Lv4] [마력 Lv8] [HP 상승 Lv3]

[물리공격 상승 Lv10] [물리방어 상승 Lv4]

[체력 회복 Lv2] [속도 상승 Lv7] [파티 Lv8] [검사의 소양 Lv9]

공격을 맞지 않기 때문에 물리 방어 계열의 [갑옷]과 [물리방어 상승] 센스가 오르지 않고, 대미지를 받지 않기 때문에 HP 상승 계열의 [HP 상승]과 [체력 회복] 센스의 레벨도 오르지 않았다.

이건 어떤 특정 조건을 만족하기 위한 범용 레벨업이니까, 센스 자체의 레벨업 속도는 빅보어와의 대치와 비교하면 느리고, 올릴 수 있는 센스도 제한된다.

●

"뮤우와 히노는 왜 이 게임을 하는 겁니까?"

골렘으로 레벨업하는 루카가 짬짬이 쉬면서 물었다.

"나는 언니랑 만나고 싶으니까."

"언니 말인가요?"

"그래, 멀리 있는 언니를 만날 수 있으니까. 또 게임을 좋아하니까."

"나도 게임 좋아해!"

나와 히노는 게임을 좋아하는 이들끼리 의기투합한 게 계기였다.

"그래서 루카는 왜 OSO를 시작했어?"

내가 반대로 묻자, 부끄러운 듯이 얼굴을 붉히고 고개 숙이더니 가느다란 목소리로 대답했다.

"난, ————를 좋아합니다."

"뭘 좋아해?"

"그러니까 판타지를 좋아합니다."

"나도 좋아해. 판타지 RPG."

왜 그걸 부끄러워하는 걸까? 란 마음으로 말했더니 아니라며 부정하였다.

"내가 좋아하는 건 판타지 소설입니다."

"라이트노벨 같은 거? 나도 가끔 읽어."

히노와 마찬가지로 만화나 게임 원작, 공략본 이외에는 별로 책을 읽지 않는 나지만, 게임의 스핀오프 작품이라면 읽기에 납득했는데, 그것도 아닌 모양이었다.

"아뇨, 자세히 말하자면 판타지 문학이라고 불리는 분류의 책입니다."

예를 들어서 영화로 만들어진 유명한 반지 이야기라든가 마법 소년 같은 거란 말에 간신히 이해했다.

"그래서 말이죠. 예전부터 그런 책이나 신화를 좋아하고 실제로 체험해보고 싶어서 이 게임을 시작했습니다."

부끄러운 건지 점점 더 고개를 숙이고 얼굴을 숨기려고 하였다.

대체 왜지? 씩씩한 루카가 부끄러워하는 모습이 귀엽다. 무심코 껴안아주고 싶을 정도였다.

루카의 말에서 더 말을 끄집어내어서 부끄러워하는 모습을 보고 싶다.

"저기, 루카는 판타지의 어떤 면이 좋아?"

"아뇨, 저기, 대군 앞에 과감하게 돌격하는 영웅이나 드래곤 퇴치 같은 것."

고개 숙인 얼굴의 정면으로 돌아가자, 한층 얼굴을 붉히며 반대방향으로 돌리는 루카.

점점 움츠러드는 루카에게 설마 영웅이 되길 바라는 면이 있다니 의외였다. 더 보고 싶다는 마음에 고개 돌린 쪽으로 가려고 하는데 히노가 막아주었다.

"뮤우, 너무 괴롭히지 마."

"아니, 반응이 귀여워서 그만……. 미안해."

"아뇨, 괜찮습니다."

조금 진정이 되었는지 평범하게 대답하는 루카. 하지만 그 얼굴은 아직 다소 붉었다.

"그래서 루카에게 OSO 세계는 기대한 것과 같아?"

"예, 기대했던 대로, 아뇨, 그 이상으로 즐겁습니다."

내 질문에 빙그레 미소 짓는 루카. 즐거워하는구나 싶으니 거기에 촉발되어서 나도 의욕이 났다.

"좋아! 그럼 휴식 끝! 골렘과 한 판 더 붙자!"

"오오!"

내 기세에 맞추어 히노는 주먹을 쳐들었고, 루카는 쓴웃음을 지었다.

그리고 휴식을 마치고 다시금 셋이서 후반전을 만전의 상태로 임했다.

다시금 골렘에게 돌아온 우리. 처음과 같은 작업으로 가나 싶었는데——

"뮤우는 후위. 히노는 유격에서 자세 무너뜨리기. 내가 정면에 서겠습니다."

히노는 깜짝 놀라서 굳었지만, 나는 루카도 정면에서 서고 싶은 거라고 생각했다. 어쩌면 계속 골렘의 앞에 서서 싸웠던 우리가 판타지의 영웅처럼 보였을지도 모른다.

"……알았어. 지휘관인 루카를 따를게. 혹시 루카가 지거든 우리도 죽어서 뒤따를 테니까."

"그럼 갑니다. ——〈델타 슬래시〉!"

골렘의 왼쪽 다리에 아츠를 날리는 루카. 그리고 그 공격에 골렘이 루카 쪽을 보았다.

루카는 골렘의 왼다리에 가까운 장소에 자리를 잡고 그 공격을 반시계방향으로 움직여 피했다.

"하압! 〈델타 슬래시〉!"

우리와 대치하는 골렘의 움직임을 계속 지켜본 루카는 착실하게 행동 패턴을 읽었다.

팔을 쳐들거나 휘두르고, 발로 짓밟는 등의 공격 행동은 항상 오른쪽부터 시작된다. 그러니까 공격을 본 뒤에 피할 수 있는 왼쪽으로 위치를 잡고 공격을 피한 뒤에 아츠를 날린다.

"히노!"

"알았어! 뮤우도 맞춰!"

크게 물러난 루카의 지시에 커다란 공격 모션을 보인 골렘에게 단숨에 접근하는 히노. 골렘의 발치를 쳐올린 히노의 강력한 해머 스윙에 맞추어 내가 골렘의 옆머리에 마법을 날렸다.

"하압——〈임팩트〉!"

"——〈라이트숏〉!"

크게 옆으로 쓰러지는 골렘. 나와 히노는 물러나서 거리를 벌렸다. 루카는 쓰러진 골렘과의 거리를 좁혀서 눈앞에 있는 머리에 거듭 아츠를 날렸다.

"〈델타 슬래시〉, 〈델타 슬래시〉, 〈델타 슬래시〉! 웃?!"

세 번, 아츠를 반복하는 동안에도 골렘은 천천히 일어났다.

우리의 맹공에도 그리 대미지를 입지 않았다.

일어선 골렘은 루카 쪽을 돌아보며 오른팔을 옆으로 휘둘렀다.

"루카!"

아츠 사용 직후의 경직 시간에 루카는 반시계방향으로 피할 수 없다. 날아오는 골렘의 팔을 보고 히노가 소리쳤지만, 나는 믿고 있었다.

"하압! ——〈델타 슬래시〉!"

날아오는 오른팔을 반시계방향으로 피할 수 없는 루카. 하지만 확실히 안전권을 관찰하고 있었다. 슬라이딩으로 골렘의 겨드랑이 밑을 빠져나가 뒤로 돌아가서 왼다리에 아츠를 날리며 골렘의 왼쪽으로 돌아갔다.

"저 틈으로 빠져나가다니 배짱 있네."

"위험했습니다."

"우우, 난 심장이 벌렁거려."

히노는 가슴을 쓸어내렸다. 나도 손에 땀을 쥐었다. 혹시 타이밍이 틀렸을 경우에 대비해서 방어 마법인 〈라이트 실드〉를 준비했는데, 쓰지 않고 넘어갔다.

그 뒤에도 루카는 안정된 반시계 방향 회전 공격을 거듭하고——

"이걸로 100번째——〈델타 슬래시〉!"

삼연격이 골렘의 왼다리에 꽂혔다. 처음에는 희미한 상처였던 공격도 지금은 깊은 상처를 나기며 확실히 대미지를 입혔다.

루카의 표정이 곤혹스러움에서 놀라움, 그리고 기쁨으로 변했다.

"두 사람 다 너무하잖아요. 이런 선물을 주다니."

"그럼 마지막으로 그걸 골렘에게 날려!"

"타이밍은 내가 만들게."

이걸로 끝이다. 아츠 100번의 목표를 달성한 루카는 검을 정안세로 들고 공격을 날릴 타이밍을 엿보았다.

"지금입니다!"

"한 번 더. ——〈임팩트〉!"

히노가 해머로 골렘의 왼쪽 오금을 강타하자, 골렘은 무릎이 푹 꺾인 상태로 비스듬히 쓰러졌다. 그리고 루카는 날아오는 바위팔을 향해 아츠를 날렸다.

"하아아압! ——〈쇼크 임팩트〉!"

두 손으로 움켜쥔 검이 골렘의 팔을 쳐냈다.

그대로 드러누워 쓰러지는 골렘. 하지만 결국 골렘의 HP 중 1할 정도밖에 깎아낼 수 없었다.

●

내가 왜 루카에게 아츠 100번이라는 목표를 제시했는가. 그건 아츠의 취득 방법 중 레벨 상승에 따른 것과 특정 조건의 달성에 따른 것이라는 두 가지 방법이 있으니까!

이번 골렘에서 루카의 아츠 100번이란——

[방어력이 높은 상대에게 아츠를 100번 넣는다]——〈쇼크 임팩트〉

[델타 슬래시를 100번 사용한다]——〈피프스 브레이커〉

이 두 가지 아츠를 동시에 취득하는 조건을 채우기 쉬운 상대이기 때문이다.

〈피프스 브레이커〉는 레벨이 오르면 언젠가 입수할 수 있지만 사용하기 편한 아츠.

〈쇼크 임팩트〉는 타격 속성을 가진 검 계열 아츠로, 골렘처럼 물리 내성이 높고 타격 공격에 약한 적에게 유효타가 될 수 있다.

베타판에서 골렘을 이용한 아츠 취득 방법이 있고, 또 비슷한 아츠 취득 달성 조건 등에 이용되었으니까 이 방법은 골렘 선생님의 아츠 취득 강좌—— 통칭 [골렘 선생님]이라고 불렸다.

그리고 마지막으로 루카에게 이 사실을 가르쳐주는 것이다.

"——그렇게 해서 루카는 두 가지 아츠를 취득했어. 축하해."

"축하해!"

나와 히노가 그렇게 축하하자, 루카는 기쁜 듯이, 부끄러운 듯이 미소를 띠었다.

"고맙습니다, 뮤우, 히노."

"그리고 또 하나——"

말하는 건 이 타이밍이다. 히노와 서로 고개를 끄덕이고 함께 말했다.

""——루카, 우리랑 같이 파티를 짜주세요!""

나와 히노가 고개를 숙이고 부탁했다. 잠시 침묵이 흐르고 가볍게 웃음소리가 들렸기에 슬쩍 고개를 들었다.

"두 사람과 함께 골렘에게 재도전하고 싶어지잖아요."

"그럼!"

"아직 부족하지만 잘 부탁합니다."

루카가 등을 쭉 펴고 깊게 고개를 숙였다. 우리 파티에 가입하겠다고 승낙해주었다.

"하지만 이만큼 아츠를 먹여도 HP의 1할밖에 못 깎았네요."

조금 아쉬운 듯이 중얼거리는 루카.

"얼른 대책 짤까? 우리가 골렘을 타도하기 위해서."

루카를 격려하듯이 살짝 주먹을 쥐고 앞으로의 일을 결정하자는 히노.

"일단 부족한 건 레벨이야. 그리고 장비."

내가 부족한 것을 열거하며 서로의 모습을 확인했다. NPC제 장비로는 골렘에게 대미지를 입히기 어렵다.

그리고 정식판부터 OSO를 시작한 루카에게는——

"미안합니다. 돈이 없어요."

"그럼 처음에는 돈을 모으면서 레벨을 올려야지."

결정했으면 얼른 가자! 골렘 선생님을 이용한 극단적인 레벨 때문에 편중된 방어력을 메우고 돈을 손에 넣는 방법을 찾자!

"골렘! 목 씻고 기다려! 우리가 강해지면 꼭 쓰러뜨릴 거니까!"

내가 삿대질을 하면서 선언했다. 두 사람과 함께 강해질 거다.

하지만 그 전에 돈! 새로운 장비를 입수하기 위해!

3화   토우토비와 패션

루카가 정식으로 파티에 가입하고 며칠이 지났다.

히노, 루카, 그리고 나까지 셋은 적극적으로 퀘스트를 하며 레벨만 올리는 게 아니라 돈도 중점적으로 모았다.

"으음, 낮에는 돈을 벌기 위한 퀘스트. 밤에는 하이스피드 레벨업을 했으니까 레벨은 그럭저럭 높은데."

나는 신음하면서 내 센스 스테이터스를 노려보았다.

[뮤우] 스테이터스

소지 SP 12

[한 손 검 Lv4] [갑옷 Lv20] [물리공격 상승 Lv25]

[물리방어 상승 Lv22] [속도 상승 Lv7]

[마법 재능 Lv18] [마력 Lv18] [광 속성 재능 Lv15] [회복 Lv15]

[마력 회복 Lv10]

대기

[검 Lv30] [기합 Lv17]

레벨업을 거듭하면서 [검] 센스가 30레벨이 되고 파생 센

스가 나타났기에 베타판에서 사용했던 것과 마찬가지로 [한 손 검]을 취득했다.

하지만 내 목표에는 아직 도달하지 못했다.

정확하게는 필요 레벨이 아니라 합계 취득 SP가 목표에 도달하지 못 했다.

합계 취득 SP가 20을 넘으면 취득할 수 있는 기본적인 센스도 늘어나니까 앞으로 8포인트의 SP를 입수하고 싶다.

"그래도 서둘러봤자 어쩔 수 없어. 그보다 주문했던 장비를 받으러 가야지."

마을 안에서 혼자 중얼거리면서 어느 가게로 향했다.

제1마을 대로의 교차지점에 세워진 OSO의 톱 대장장이의 가게 [오픈 세서미]에 인사하면서 들어갔다.

"안녕하세요! 마기 씨 있나요?"

"뮤우, 어서 와. 장비 받으러 왔어?"

망치를 한 손에 들고 땀을 흘리는 갈색 피부의 여성——톱 대장장이인 마기 씨가 가게 안에서 나타났다.

"그것도 있지만, 축하 인사요. 개점 축하합니다!"

"그래도 정확하게는 아직 개점 준비 중이지만. 베타판의 단골들은 가게로 안내하고, 신규 손님은 노점으로, 반반일까."

겸연쩍은 듯이 귀엽게 웃는 마기 씨. 귀여우면서도 몸매도 좋은데다가 가슴의 파괴력이 대단하다. 부럽다.

"얼른 생산거점을 확보할 수 있는 건 뮤우처럼 베타판 때의 단골들이 계속해서 이용해준 덕분이야."

"아뇨, 마기 씨의 무기가 좋으니까 그렇죠!"

서로 그런 대화로 긴장을 풀다가 마기 씨가 화제를 바꾸었다.

"어디, 그럼 주문했던 장비 말인데, 베타판 때랑 같은 거면 되지?"

"예! 목표는 팔라딘! 검과 갑옷으로 적을 쓸어낼 거예요!"

가느다란 팔로 알통을 만들어 보이자 마기 씨는 카운터에 팔꿈치를 짚고 빙긋빙긋 미소를 보였다.

나는 왠지 창피해져서 얼버무리듯이 에헤헤 웃었다.

"역시 씩씩한 애를 보면 나도 기운이 나. 그래서 언니가 주는 조그만 서비스."

그렇게 말하면서 꺼낸 은색 장비는 내 시선을 사로잡았다.

"오오오?! 장비의 스테이터스가 조금 높아!"

"후후후, 뮤우는 잘 아네. 그래, 이건! 단순한 철이 아냐. 질 좋은 철로 만들었어!"

"그, 그럴 수가!"

질 좋은 철을 초반의 이렇게 빠른 단계에서 입수하다니 대단한 일이다. 철괴와는 다른 걸로 취급되는 [질 좋은 철괴]는 생산에 사용하는 소재이며 철과 마찬가지 성질을 가졌지만, 그걸로 생산되는 장비는 질 좋은 철 쪽이 강하고 모든 면에서 성능이 뛰어나다. 그만큼 생산 난이도도 조금 오르지만……

"괘, 괜찮나요?! 어? 하지만?! 그래도!"

나는 가벼운 패닉에 빠져서 마음대로 말이 나오질 않았다.

아직 OSO의 정식판 서비스가 시작된 지 얼마 안 되었는데, 내 장비 일체를 죄다 질 좋은 철로 만들다니 상당한 노력이 엿보인다.

질 좋은 철광석 다섯 개를 정련하여 주괴가 하나. 그게 한손 검이라면 두 개, 전신갑옷이면 네 개 필요하다고 생각하면 총 서른 개의 광석이 필요하다.

"뮤우가 무슨 말을 하려는 지는 대충 알아. 이걸 갖추려고 골렘을 얼마나 잡았냐는 거지?"

그래. 게임 초반에 그만한 양을 입수하려면 우리가 못 쓰러뜨렸던 보스몹인 골렘의 통상 드랍으로, 예를 들어서 풀파티인 여섯 명이서 싸웠다고 해도 최소 다섯 번은 잡아야 한다.

"골렘을 대체 언제 몇 마리나 쓰러뜨렸나요?!"

"아쉽지만 이걸 골렘 사냥 이외의 방법으로 입수한 거야. 뭐 싸게 입수할 수 있는 방법을 찾았다고 이해해줘. 다만 보통 철을 잔뜩 쓰니까 평소보다 철은 비싸게 매입하고 있어."

그러니까 마기 씨는 장비를 자기한테 팔아달라며 윙크하였다.

"알겠습니다. 열심히 적을 팍팍 쓰러뜨려서 장비를 빼앗아 올게요!"

"응. 잘 부탁해. 그럼 추가효과의 보너스를 정할까."

내가 납득했을 때, 마기 씨가 장비의 추가효과를 설정하기 시작했다.

보통 철제 무기면 두 종류지만, 질 좋은 철이면 추가효과를 그보다 많이 붙일 수 있다. 지금은 내가 원하는 추가효과를 부여할 강화소재를 가지고 있지 않아서 [대장] 스킬의 보너스뿐이다.

"그럼 검에는 [ATK 보너스]를, 갑옷에는 [DEF 보너스]를 부탁합니다."

"전하고 똑같네. 알았어."

그렇게 말하고 일단 테이블에 늘어놓은 내 장비를 카운터 뒤쪽의 작업대로 가져가더니 각각에 추가효과를 부여했다.

그동안 나는 한가해져서 가게 안을 구경하였다.

다양한 무기나 액세서리가 장식된 진열대에는 범용성 높은 장비가 있었다. 또한 카운터 안쪽에는 마기 씨의 개인적 취미인 특화형 무기나 까다로운 성능의 무기, 인기 없는 장비 등도 장식되었다.

가게 구조는 베타판의 가게와 거의 다름없지만, 카운터 옆에 작은 약품 칸이 준비된 점이 달랐다.

포션이나 환약 등의 소모품이 구색 맞추기 정도로 준비되었다.

"마기 씨, [조합]도 시작했나요?"

"아, 그거? 아니, 그건 위탁판매 코너. 아는 생산직 애한테 받아서 팔고 있어."

"이거 많이 싸네요."

얼마 전에 상업 길드가 포션의 독점을 중심으로 활동했기 때문에 일시적으로 포션 가격이 폭등했다. 지금은 진정되었지만, 그와 비교해도 여기에 있는 건 회복량도 가격도 양심적이었다.

"그래도 위탁판매료를 붙여서 가격이 좀 비싸진 거야."

"장비 구입과 메인터넌스와 함께 사는 거라고 생각하면 충분해요."

여러 가게를 도는 수고를 생각하면 몹을 몇 마리 잡는 것만으로 본전을 찾을 수 있는 차이는 별것 아니다. 이른바 편의점 가격과 마찬가지다.

"이건 사야지! 마기 씨, 포션 열 개랑 해독 포션 다섯 개 주세요."

"알았어. 그럼 무기와 방어구 일체와 포션 값을 합치고 잔돈은 계산하지 않으면 40만 G면 돼."

"그럼 일괄로!"

나는 돈을 지불하고 마기 씨에게 장비 일체와 포션을 받았다. 하이스피드 레벨업의 경비와 이번 장비 대금을 합쳐서 베타판에서 가져온 돈은 거의 사라졌다. 남은 건 메인터넌스용 비용과 사소한 소모품 구입을 위해 남긴 것뿐이다.

한동안은 레벨업보다 돈 벌기에 비중을 두어야만 하겠다.

"그럼 뮤우, 여기서 갈아입을래?"

"아뇨. 실은 같은 파티 애들도 장비를 살 거니까, 거기에 맞춰서 전원이 갈아입는 게 좋을까 생각해요!"

"그래. 그럼 또 뭐 생기거든, 편하게 들러줘."

"고맙습니다!"

마기 씨는 가게 안쪽으로 돌아가고 곧 금속을 두드리는 소리가 울리기 시작했다. 일정 리듬으로 들리는 망치소리를 들으면서 나도 [오픈 세서미]를 뒤로 했다.

●

"히노! 기다렸어?"

"전혀. 이번에는 시간 맞췄네!"

"으음, 아직도 그 소리야?!"

"아하하하, 미안."

마기 씨의 가게에서 장비를 받은 나는 그 길로 루카와 히노와의 약속장소로 향했다.

먼저 왔던 히노는 전에 내가 약속시간에 늦은 것을 놀리다가, 내가 화난 것처럼 볼을 불룩이자 가볍게 사과했다.

원래부터 화난 것도 아니고 서로 가벼운 스킨십으로 하는 거다.

"그래서 루카는?"

"아까 프렌드 통신으로 노점 좀 돌아보고 온다고 그랬어."

"그럼 장비라도 보고 있나?"

최근 셋이서 시급 비율이 좋은 퀘스트를 돌거나 특정 몬스터를 사냥해서 자극이 적다. 하지만 그만큼 무기나 방어구

중 한쪽을 비싼 걸로 살 수 있을 만한 돈이 모였을 것이다.

"히노는 장비 샀어?"

"응! 아까 부탁했던 장비를 받았어. 뮤우는?"

"나도."

서로 생각은 똑같은 모양이었다. 지금 여기서 새 장비로 갈아입기보단 루카가 장비를 사오거든 같이 새 장비로 갈아입고 선보이고 싶다.

나와 히노는 서로 베타판 때의 모습을 알기에 장비를 바꾸는 타이밍을 의논한 것은 깜짝 연출을 준비하는 것 같아서 즐겁다.

"뮤우, 히노, 안녕하세요."

우리가 이야기하는 동안에 루카가 약속장소에 왔다. 다만 그 표정은 어딘가 어둡고 그림자를 띠고 있었다.

"저기, 루카, 왜 그래? 무슨 일 있었어?"

"아, 아뇨! 아무것도 아닙니다! 괜찮습니다!"

"우리라도 좋으면 이야기해봐."

"으음…… 그게."

우리가 걱정하며 루카의 얼굴을 바라보자, 부끄러운 건지 살짝 얼굴을 붉히며 어두운 표정을 한 이유를 가르쳐주었다.

"저기……. 전부터 눈독을 들였던 무기가 있었거든요. 마침 지금 쓰는 한 손 검과 사이즈가 같아서……."

루카의 말을 들어보니, 무기 스테이터스가 철제치고 다소 높고 가격도 ATK 보너스와 크리티컬 보정이 있는 검치고 저렴하게 설정되었다는 모양이다.

방어구 대금이 모여서 오늘 모험에서 조금 애쓰면 무기도 살 수 있지 않을까 하는 마음으로 그 노점에 발을 옮겨보았는데…….

"그 노점이 보이질 않았습니다."

"어라라, 아쉬워라. 하지만 기회는 있어!"

"나도 그런 경험 있어. 노리던 아이템을 사러갔을 때에 다 팔렸다든가 노점을 하던 플레이어가 우연히 없다든가 자리를 옮겨서 못 사는 일이."

눈썹을 늘어뜨리고 풀 죽은 루카도 귀엽지만, 여기서는 일단 기운을 북돋기 위해 제안했다.

"그럼 오늘은 루카의 임시 장비라도 찾으러 갈까?"

"장비 말인가요?"

"던전에서 나오는 보물이나 몬스터가 드랍하는 것 중 랜덤 생성되는 무기를 노리는 거야. 운이 좋으면 루카가 쓸 무기도 나올 수 있고, 안 그래도 입수한 장비를 [대장] 계열 생산 플레이어한테 팔면 돈이 돼."

마기 씨도 철제 장비라면 대환영이었다. 그럼 이 기회에 철 장비를 드랍하는 적을 잔뜩 해치워서 버는 것도 좋을지 모르겠다.

"저기, 내 걱정은 하지 마세요. 평소처럼 시급 효율이 좋은 퀘스트를 하면 되니까요."

"나는 뮤우의 제안에 찬성이야. 방어구 대금은 있으니까 서둘러서 돈을 모을 필요는 없고."

"그렇군요. 알겠습니다."

히노의 제안을 듣고 루카가 생각을 바꾸었기에 행선지가
결정되었다.

"그럼! 리빙 아머의 던전으로 렛츠 고!"

"오오!"

"오, 오오."

나와 함께 기세 좋게 주먹을 쳐드는 히노와 부끄러워하면
서도 살짝 주먹을 쳐드는 루카.

우리는 주위에 점점이 있는 소규모 던전 중 하나로 향했다.

"물리일변도! 골렘 계열로 분류되는 리빙 아머를 사냥하자!"

"그렇긴 해도 적이 전혀 안 오네요."

"우리보다 먼저 누가 왔나?"

그렇다. 의기양양하게 지하 1층에 들어갔어도 리빙 아머
가 한 마리밖에 없었다. 그것도 갓 리젠된 놈인지, 1층을 전
부 다 돌아도 적은 고사하고 보물상자도 없었다.

"어쩌지? 지금이라도 퀘스트를 다시 받아?"

"그렇군요. 선행한 사람이 있다면 시간을 두는 편이 좋을
것 같고요."

"이건——경쟁이야! 어느 쪽이 먼저 최심부의 보물상자
를 회수하는가의 싸움이야!"

"뮤, 뮤우!"

아무런 성과도 없이 터덜터덜 돌아가는 건 말도 안 돼! 전

멸시킬 각오로 1층의 적을 쓰러뜨리는 플레이어라면 분명
실력이 있겠지. 그 얼굴을 한 번 확인하고 싶다.

"그런고로 작전 변경! 최단 코스로 안까지 돌격!"

"뭐, 얕은 던전이니까 갈 수 있을 것 같은데."

"그럼 내가 먼저 갈게!"

히노는 던전에서의 배치를 생각하여 망치를 어깨에 짊어
지고 뛰어갔다.

거기에 맞추어 나와 루카가 뒤따라갔다.

나도 히노도 베타판에서 이 던전을 여러 번 돌았기 때문
에 최단 코스를 안다.

2층으로 가는 계단을 얼른 찾아서 내려간 뒤, 마찬가지로
적이 보이지 않는 동굴을 계속 달렸다.

"여기도 사람이 없는 걸 보니 최하층이야!"

"뮤우, 최하층에는 어떤 적이 있습니까!"

나와 나란히 달리는 루카가 이 던전의 적 구성에 대해 물
었다.

"전부 리빙 아머야! 다만 무기가 청동제부터 철제로 변하
니까 그만큼 공격력만 조금 세져!"

"그 외에도 숫자가 모이면 연대도 취하게 돼."

"아, 잊고 있었다!"

히노가 덧붙인 말에 집단으로 창을 든 리빙 아머에게 포
위당했던 기억이 떠올랐다. 그건 리빙 아머들의 편성 운이
안 좋아서 틈을 찌르기 어려웠지만, 마법으로 포위망의 일

부를 허물고 빠져나오는 걸로 대처할 수 있었다.

"그 외에도 움직임이 느리지만 같은 층이면 계속 쫓아온다든가 해. 아, 최하층으로 가는 계단이 보인다!"

우리는 2층을 달려가서 최하층으로 이어지는 계단 앞에 도착했다.

계단을 내려간 곳에는 밀집한 리빙 아머들이 복도에서 기다리고 있었다.

"전투 준비! 숫자가 많아!"

나는 잔뜩 사놓은 무기를 이 자리에서 다 쓸 요량으로 눈앞의 리빙 아머의 동체를 베었다.

히노는 슬렛지 해머로 갑옷의 머리 부분을 강타했다. 날아간 머리는 던전 벽에 격돌하여 동굴에 둔한 소리를 울렸다.

루카는 숏소드를 들고 갑옷의 관절부를 찌르듯이 검을 찔러서 무기 소모를 억누르면서 차근차근 대미지를 주었다.

"뮤우! 이건 뭔가요?!"

"아마도의 이야기지만 몬스터 하우스?"

어떤 요인으로 몬스터가 한곳에 집중해서 발생한 모양이다. 한동안 시간을 두면 그 층에 퍼졌을 테니까 타이밍이 안좋았다. 그렇게 생각하는 반면 포지티브하게 생각하면——

"적을 찾을 수고가 줄었어! 전멸해서 경험치가 되도록 해! ——〈피프스 브레이커〉!"

나도 루카와 같은 방법으로 취득한 아츠를 통로에 잔뜩모인 리빙 아머에게 날렸다.

5연속의 검격 아츠는 한 방에 리빙 아머 하나를 뒤로 날려버리며 서로의 거리를 만들었다.

"한꺼번에 날아가 버려!"

거기에 뛰어든 히노가 슬렛지 해머로 리빙 아머 하나의 옆구리에 꽂아 넣으며 옆의 갑옷까지 한꺼번에 쓰러뜨렸다.

"하압, 거기입니다!"

손발의 특정부위에 일정 대미지를 주어서 부위 파괴할 수 있는 리빙 아머를 상대로 루카는 무기를 든 팔의 관절부나 다리 관절을 노려서 리빙 아머의 공격력이나 기동력을 깎는 전법으로 싸웠다.

세 사람이 동시에 적을 쓰러뜨리기에는 다소 좁은 장소이기 때문에 나는 일단 물러나서 마법을 사용했다.

"으랍——〈라이트 슛〉!"

광탄을 앞에 있는 개체의 겨드랑이 사이로 창을 뻗으려는 다른 개체에게 맞추어 공격을 캔슬시켰다.

동시에 적에게서 조금씩 대미지를 받던 히노와 루카에게 회복 마법을 사용했다.

이럴 줄 알았으면 나와 히노가 받은 새 장비를 먼저 입었으면 더 편했을 거라고 생각하는 사이에 계단 부근의 리빙 아머가 전멸했다.

그 뒤에는 왼쪽 골목에서 배회하는 리빙 아머가 나타났기에 세 사람의 집중공격으로 쓰러뜨렸다.

"저기, 아까 몬스터 하우스라고 한건, 왼쪽 방에서 몹이 넘쳐났기 때문이야."

"그럼 왼쪽 길의 안쪽에 리빙 아머가 모여 있을지도 모른
다는 소리?"

히노의 말처럼 왼쪽에는 아무것도 없는 커다란 방이었다.
던전의 최심부에 있는 보물상자를 노릴 뿐이라면 똑바로 가
면 되지만, 왼쪽이 몬스터 하우스 상태였을 가능성이 있다.
하지만——

"왼쪽을 살펴보고 아무것도 없었으면 그냥 심층부의 보물
상자만 회수하는 게 어때?"

"혹시 플레이어가 있을 경우면 곤란해졌을 가능성도 있으
니까요."

루카의 말에 히노도 웃으면서 알았다고 대답하고, 우리는
왼쪽 통로로 들어갔다.

방금 전까지보다 낮은 밀도의 리빙 아머는 세 사람의 연
대로 속공으로 처리했다. 그리고 안쪽의 방에 다가감에 따
라 금속 부딪치는 소리가 들려왔다.

"역시 누가 있는 모양이군요. 조금 페이스를 올릴까요?"

"찬성! 그럼 내가 길을 열 테니까 단숨에 가자!"

등에 멘 슬렛지 해머를 좌우로 휘두르는 히노가 통로를
막은 갑옷들을 날려버리며 길을 텄다. 루카는 몹의 추격을
막기 위해 갑옷의 다리를 정확하게 베면서 부위 파괴를 노
렸다. 나는 그런 두 사람의 뒤에서 광탄을 계속 날렸다.

"보였어!"

방에 뛰어든 우리가 본 것은 가득한 리빙 아머들. 이 던전 최하층에 출현하는 거의 모든 적이라고 해도 과언이 아니겠지. 그리고 그 안쪽에서는 방의 벽을 등지고 싸우는 망토 차림의 경장비 플레이어가 서 있었다.

"돕겠습니다!"

"그럼 간다!"

루카와 히노가 벽을 등진 플레이어와 교전하지 않는 리빙 아머를 목표로 삼고 차례로 쓰러뜨렸다.

다른 파티와 몬스터의 공격에 따른 공투 페널티를 피하면서 이 몬스터 하우스를 처리하였다.

나는 광 마법의 연사로 두 사람의 손에 닿지 않는 위치의 리빙 아머부터 처리하였다.

"──〈라이트 슛〉!"

그리고 망토 차림의 플레이어에게 다가갔다.

"괜찮아?!"

망토 차림의 플레이어는 방구석으로 몰려 있었지만, 최소한의 움직임으로 가까스로 공격을 계속 피하고 있었다. 사정거리가 짧은 단도가 무기다 보니 반격은 못 하는 상태였다.

슬금슬금 HP가 줄어드는 걸 보고 나는 회복 마법을 사용했다.

"이걸로 조금 더 버텨! ──〈힐〉!"

"……!"

대로에서 다른 파티에서 회복 마법을 걸 듯이 망토 차림의 플레이어에게 회복을 걸어주고 눈앞의 리빙 아머를 베었다.

망토 차림의 플레이어는 내 행동에 놀랐는지, 깊이 눌러 쓴 후드 안으로 뭐라고 말하려다가 말이 나오지 않아서 포기한 듯했다.

"하압——〈쇼크 임팩트〉!"

루카는 앞의 리빙 아머에게 무기를 꽂았다. 그러면서 생겨난 충격으로 그 리빙 아머는 뒤쪽의 리빙 아머와 함께 쓰러졌지만, 그 일격으로 NPC에게 구입한 무기의 내구도가 한계를 넘어서 깨졌다.

"큭! 부러졌군요. 하지만! 무기가 없으면 빼앗은 걸 쓰면 되지요! 하압!"

리빙 아머를 쓰러뜨렸기에 인벤토리에 들어온 드랍템 중에서 최대 사이즈의 대검을 꺼내어 두 손으로 휘두르는 루카.

"오옷?! 파워 계열 무기네! 나도 질 수 없지! ——〈임팩트〉, 〈대차륜〉!"

슬렛지 해머를 휘두르던 히노는 오른손에 슬렛지 해머, 왼손에는 장창을 짧게 들고 팽이처럼 회전하면서 무기를 휘둘렀다.

전력으로 휘두른 슬렛지 해머가 갑옷을 찌그러뜨리고 장창으로 날려버렸다.

순식간에 쓰러진 리빙 아머들은 처음에 우리가 들이닥쳤을 때보다 절반 이하로 줄어들었다.

그리고 리빙 아머끼리의 거리가 벌어지면서 망토 차림의

플레이어가 움직였다.

"오옷?! 빨라!"

망토를 나부끼며 리빙 아머들의 사이를 빠져나와서 스쳐 지나갈 때 공격을 했다. 그것도 관절부터 잠금쇠에 대미지를 주어서 부위 파괴를 노리는 움직임이었다. 때때로 정확하게 찌른 일격이 크리티컬이 되어서 리빙 아머를 쓰러뜨렸다.

"절반은 저 사람한테 맡기면 되겠어! 우리도 나머지 적을 정리하자!"

"알았……?! ──뮤우, 피해!"

"어?"

내가 히노의 목소리에 돌아보자, 눈앞에서 도끼가 날아오고 있었다.

한쪽 팔이 파괴된 리빙 아머가 떨어진 자기 팔이 든 무기를 쳐들고 내던진 것이다.

황급히 검으로 막으려고 했지만, 날아오는 도끼를 피할 수 없다고 깨닫고 하다못해 크리티컬이 아니길 빌었다.

"……?!"

순간 내 눈앞에 단검이 휘둘러졌다. 망토 차림의 플레이어가 도끼를 막아낸 것이다. 하지만 무기의 중량 차이로 머리를 향한 직격 코스를 완전히 피할 수 없어서 도끼가 그 어깨에 깊게 꽂혔다.

애초부터 방어면에서 약하기 때문에 도끼를 맞아 HP 중 태반을 잃고 무릎을 꿇는 망토 차림의 플레이어.

"나를 감싸느라?! ──〈힐〉!"

나는 다급히 회복 마법을 사용했다. 하지만 〈힐〉 한 번으로는 완전히 회복할 수 없어서 다음 스킬 사용 시간까지의 대기시간이 답답했다.

"이럴 때는 포션!"

나는 이 던전에 오기 전에 샀던 포션도 사용하여 망토 차림의 플레이어에게 뿌렸다.

회복 마법 한 번과 포션 한 번으로 도끼의 대미지는 거의 회복되었다.

내가 망토 차림의 플레이어를 회복하는 동안에 루카가 도끼를 던진 리빙 아머를 쓰러뜨렸고, 히노도 나머지 적에게 추격타를 날렸다.

"괜찮아?!"

"……으, 어."

깊게 눌러쓴 망토의 후드에서 보이는 입이 작게 움직였지만, 곧 입을 굳게 다물고 대신 고개를 한 번 끄덕였다.

고개를 수그린 망토 차림의 플레이어는 내게서 떨어져서 아직 남은 리빙 아머를 차례로 처리하였다.

나를 감싸며 맞은 도끼의 일격은 망토의 어깨 부분을 석둑 베어서, 안에 받쳐 입은 천 장비가 보였다.

잠시 뒤에 이 방에 모인 리빙 아머를 죄다 쓰러뜨리는 데에 성공했다.

"예정과는 많이 다르지만, 리빙 아머의 드랍템 대량으로 겟!"

"우엑. 창이 드랍되긴 했는데, 이 슬렛지 해머는 이제 틀렸어. 다음부터는 원래 쓰던 망치를 써야지."

이미 엉망이 된 슬렛지 해머를 정리하는 히노. 그리고 말없이 대검을 휘둘러보던 루카가 이쪽의 시선을 깨닫고 살짝 허둥거렸다.

"루카, 왜 그래?"

"예?! 아, 저기…… 무기가 깨져서 대신 꺼낸 대검이 생각 외로 손에 잘 맞아서."

그렇게 말하고 부러진 검 대신 숏소드를 꺼내어 차더니 대검을 인벤토리에 갈무리했다.

"그렇게 잘 맞아?"

"사실을 말하자면 조금 더 작은 쪽이 다루기 편하게 느꼈어요. 저 대검은 던전의 통로에선 아무래도 못 쓰겠으니, 지금은 대신 이 검으로."

그렇게 말하며 허리에 늘어뜨린 숏소드를 쓰다듬었다.

"그렇게 되면 양손과 한 손, 양쪽 쓸 수 있는 무기일까?"

루카는 재주 좋게 다룰 수 있으니까, 내 드랍템 중에서 쓸 만한 무기가 없을지 찾아보았더니 괜찮은 게 나왔다.

기사의 도검 [양손/한 손 검]

ATK +10   DEL +4   **추가효과 : DEF +3**

딱히 좋지 않지만 나쁘지도 않은 드랍 장비였다. 검의 스

117

테이터스는 드랍템치고 보기 드물게 추가효과가 있지만, 아쉽게도 방어 상승이기 때문에 장비 중에서는 중하급의 평가였다.

이게 [ATK +3]이었으면 조금 더 평가가 오를 것이다. 하지만 장비에 돈을 쓸 수 없는 플레이어들에게 중간에 사용할 장비로는 충분한 성능이다.

"루카, 이거 들어봐."

"이거 말인가요. 그 대검보다 조금 작네요."

나한테 받은 도검을 양손으로 들고 휘둘러보고, 때로는 한 손으로 휘두르며 감각을 확인하는 루카.

"노점에서 본 장비와 비교해서 스테이터스는 낮지만······ 이건 쓰기 쉽네요. 다음에는 이걸 기준으로 장비를 찾겠습니다."

그렇게 말하며 루카는 기사의 도검을 인벤토리에 넣었다.

루카는 대신할 장비를 손에 넣어서 다소 기쁜 눈치고, 히노는 지금 가진 창을 대신할 것을 인벤토리에서 찾고 있지만 눈에 띄지 않아서 토라진 얼굴이었다.

망토 차림의 플레이어가 그런 우리에게 들키지 않게 방에서 나가려는 걸 불러 세웠다.

"기다려!"

"······?!"

자기를 부른 것에 놀라서 플레이어의 어깨가 꿈틀거렸다. 말이 없는 그 사람은 아직 맨얼굴을 보이지 않고 이쪽으로 후드로 감춰진 고개를 돌렸다.

"저기…… 감싸줘서 고마워!"

내가 그렇게 말하자 그 사람은 한 차례 인사를 하고 방을 나갔다.

"왠지 신기한 사람이었어."

"그렇군요. 그렇긴 해도 한 마디도 말을 하지 않았고요."

히노의 말에 루카도 동의하면서 망토 차림의 플레이어가 사라진 뒤의 어두운 통로를 바라보았다.

말 없는 캐릭터나 쿨한 캐릭터를 연기하는 플레이어였으면 억지로 말을 끌어내선 안 된다.

이번에는 우연히 돕고 도움을 받은 사이다. 그런 것만으로도 여기 OSO의 세계는 성립되고 있다.

"자! 최심부에 왔으니까 보물을 손에 넣어서 돈을 벌어야지!"

내가 힘주어 본래 목적을 말하고 던전 안쪽으로 향했다.

"아, 아아아앗——! 보물이!"

그리고 곧 도달한 최심부에서 크게 소리를 질렀다.

"없어, 없어, 없어! 상자에 아무것도 없어!"

"어어……. 아마 아까 그 사람한테 선수를 빼앗긴 거겠죠."

루카가 난처한 듯이 미소를 짓고 히노는 어쩔 수 없다며 포기했다.

그래, 게임은 때로 서로 협력하고 때로 서로 경쟁하는 것.

이번에는 망토 차림의 플레이어와 협력하여 몬스터 하우스의 몬스터를 처리하였지만, 본디 보물상자를 두고 겨루는 라이벌이다.

"어쩌지, 뮤우. 리젠될 때까지 최하층에 나오는 리빙 아머를 잡으며 돌까?"

낙담하는 내게 말을 거는 히노.

"우, 우우…… 어쩔 수 없으니까 돌아가자."

몬스터보다도 리젠 시간이 긴 보물상자를 기다리는 건 비효율적이니까 이번에는 포기하자.

"뮤우, 괜찮아요. 일단 방어구를 살 돈은 확보했으니까요."

"하지만 분해!"

나는 미련이 철철 남은 채로 이 소규모 던전을 뒤로 했다.

던전에서 돌아온 뒤에는 일단 마기 씨의 가게인 [오픈 세서미]에 들러서 손에 넣은 리빙 아머의 드랍 장비를 팔아치웠다.

마기 씨는 안쪽의 공방에서 작업 중인지 남성 NPC가 대신 장비를 매입해주었다.

거래를 하는 동안 우리가 가게에 전열된 장비를 구경하는데, 루카가 통에 담긴 양산품 검 중에서 한 손 검 하나를 발견했다.

"우옷, 이건 그 노점에 있던 한 손 검이랑 같은 거예요! 탐나네요."

"방어구 살 돈이 없어지잖아."

눈썹을 곤두세우고 끙끙 고민하던 루카는 결국 포기하고 통에 검을 돌려놓았다.

다만 여기 사람에게 꼭 무기를 만들어달라고 하고 싶다는 작은 중얼거림이 귀에 들어왔다.

다음에 마기 씨를 만날 때에 루카에 대해 의논하자고 마음속에 기억해두자.

●

"자, 드디어 왔습니다! 방어구를 파는 가게! 짜잔!"

나와 히노가 손을 들어 루카를 안내한 곳에는 가게 하나가 있었다.

그야말로 평범한 양복점이지만, 입구에서는 상상할 수 없을 만큼 안이 널찍했다.

안쪽으로 들어가면 후덥지근한 갑옷 계열 장비가 장식되고 그 외에도 무기가 다소 준비되어 있지만, 기본적으로 방어구 전문 가게다.

"저기……. 여기는 어떤 가게인가요?"

"여기는 말이지. 장비를 모아서 대신 팔아주는 가게야!"

히노가 대충 대답했기에 내가 보다 자세하게 대답하기로 했다.

"생산직 사람들은 장비를 만들고 팔잖아? 그렇게 파는 장소는 길가에 있는 노점이거나 개인이 가진 가게이거나 하는데, 가게나 노점을 갖기 귀찮은 사람들은 이렇게 가게에다가 물건을 맡기고 판매 금액을 받아가."

한 마디로 말하자면 방어구의 위탁판매 가게다.

"여기서 루카의 마음에 드는 장비를 찾아서 구입. 그 다음에는 만든 생산직을 소개받아서 장비의 업그레이드를 의뢰하는 거야!"

그렇게 해서 인사하면서 가게 안으로 들어갔다.

"어머, 어서 와. 귀여운 손님이네."

이 가게의 주인인 플레이어가 우리를 맞아주었다.

"뮤뮤뮤뮤, 뮤우! 이, 이 사람은?!"

중후한 얼굴에 깍두기 머리. 나른한 눈가가 특징인…….

"뭔가요! 이 무지막지하게 굵고 근육질인 팔과 탄탄한 몸으로 애교 떠는 사람은!"

"어머, 실례잖아. 이래 보여도 모두에게 사랑받거든?"

"아하하하, 사람들이 따르는 건 틀림없어."

히노가 웃으면서 한 말에 웃으면서 "어머나, 아픈 말하네?"라고 대답한 장신의 여장 남자. 처음 보는 사람한테는 무서울지도 모르지만, 상당한 인격자다.

"이 사람은 이렇게 보여도 베타판에서부터 한 고참 플레이어인 키티 씨."

"별명은 귀체(鬼體, 발음이 비슷한 말장난) 씨야. 맨손으로 고블린의 몸을 휘둘러서 붙은 별명이야."

"어머나. 그런 옛날일은 꺼내지 마. 지금은 악동 상대로 관절기를 넣을 뿐이야."

몸을 배배 꼬는 키티 씨 앞에서 루카의 얼굴이 굳었다.

키티 씨는 현실에서 여장 남자지만, 캐릭터 에디트에서 성별을 속일 수 없기 때문에 남성적인 쪽으로 보정을 받아서 이런 느낌이 되었다.

보통은 비관할 테지만, 이건 개그적인 캐릭터 메이킹으로 재미있다면서 본인은 긍정적으로 받아들였다.

참고로 때때로 여장 남자라고 놀리는 플레이어에게는 굵은 목소리로 소리치면서 땅 끝까지 쫓아다니기 때문에 일부에게는 공포의 대명사도 되었다. 또한 성희롱 같은 걸 하지 않는 신사다.

"키티 씨는 정말 좋은 사람이야. 아이템이나 몬스터의 정보 수집을 우선해서 도와주고."

"전에 내가 들어갔던 임시 파티에서도 트러블을 중재해준 대단한 사람이야!"

우리가 얼마나 키티 씨가 인격자인지를 전했지만, 루카는 첫 인상이 너무 커서 그런지 아직 표정이 굳은 채였다.

"오늘은 이 아이의 장비를 사러 왔지? 마음대로 골라봐."

""고맙습니다!""

"너희도 방어구 살 거니?"

"아뇨, 우리는 이미 샀으니까."

"우리도 마음대로 입어봐도 돼?"

우리의 메인 장비에 불만은 없지만, 여자로서는 패션으로써의 장비도 즐기고 싶다. 그러니까 이런 곳에서 자유롭게 옷을 입어보면서 즐기기도 한다.

"그럼 마음껏 즐겨봐. 여자는 꾸미는 법이니까."

키티 씨는 윙크를 한 번 남기고 가게 안으로 돌아갔다.

"어어, 왠지 인상이 강한 사람이네요."

루카는 잠시 동안의 접촉으로도 지친 듯이 한숨을 내뱉었다.

"그럼 안쪽에서 루카 마음에 드는 장비를 찾아볼까!"

"그렇군요. 잊고 있었네요."

너무나도 임팩트가 커서 본래 목적을 잊을 뻔했던 모양인 루카를 나와 히노가 안쪽으로 안내했다.

"여기 방어구를 시험 삼아 입어보고 마음에 드는 장비를 골라."

안내한 곳에 주르륵 놓인 방어구들. 생산직이 만든 혼신의 작품부터 일부밖에 없는 장비, 전력으로 개그성을 담은 장비 등 다양했다.

"알겠습니다. 하지만 장비하기 전에 이걸 벗어야겠지요."

그렇게 말하고 메뉴를 조작한 루카가 방어구인 가죽갑옷을 벗었기에 그 안에 담긴 것의 사이즈를 잘 알 수 있었다.

"우, 우와아아……."

"상상했던 것보다 커."

나와 히노가 상상했던 것보다 가슴이 컸다. 아니, 저렇게 딱딱한 가죽갑옷으로 누르고 있으면 답답하지 않았을까 싶은 크기였다.

나는 슬쩍 내 가슴에 손을 대보았다. 아직 성장기니까 희망은 있……을 것이다. 세이 언니 정도는 아니지만 성장하고 싶다.

"뮤우와 히노도 괜찮은 방어구를 골라주시겠어요?"

"알았어. 가자, 뮤우."

히노는 가슴을 신경 쓰는 눈치가 없지만, 나는 살짝 신경 썼다. 그런 내 속도 모르고 히노는 루카와 함께 어울릴 만한 장비를 찾기 시작했다.

그리고 서로 여러 방어구를 손에 들고 자기나 루카에게 어울리는 디자인을 찾았다.

"루카. 루카가 좋아하는 색은 어떤 거?"

"좋아하는 색 말인가요? 그래요, 빨강일까요."

일단 고르던 손을 멈추고 히노 쪽을 보아 질문에 대해 대답하는 루카. 그런 무방비한 뒷모습을 보여주면 마구 장난기가 샘솟았다.

슬며시, 슬며시 루카의 뒤로 숨어들어서——

"역시 전사 쪽 장비?"

"그렇군요. 그거히이익——!"

"오옷! 역시 모양이 아주 좋아."

"웃?! 뮤우, 뭐 하는 건가요!"

루카는 새빨간 얼굴을 하고 몸을 틀었지만, 뒤에서 껴안듯이 가슴을 주무르며 확인하는 나는 좀처럼 물러나지 않았다.

"아니, 스킨십? 이건 좋은 가슴이네요."

이건 부럽다고 생각하는데, 내 손을 쳐냈다. 아, 조금 더 즐기고 싶었는데.

"왜 그렇게 아쉬운 얼굴을 하는 건가요! 또 히노도 도와주세요!"

"아니, 뮤우의 마음도 조금은 알아. 우리는 말이지."

히노와 함께 자기 가슴을 보면 다소 기복은 있지만 역시나 작았다.

"이 가슴으로 어른스러운 장비는 안 어울리니까 동경하거든."

"그래. 나도 어린애 가슴이라는 소리 들었어."

서로 푸욱 무거운 한숨을 내뱉었다. 역시 여러 모로 어울리는 옷을 입는 쪽이 더 즐거운데.

그리고 루카에게 어울리는 방어구를 찾았는데——

"으음, 좀처럼 못 정하겠어."

"그렇긴 해도 본 건 전체의 극히 일부지만요."

진지하게 골랐지만 루카의 장비는 좀처럼 찾을 수 없었다. 루카는 꺼리는 눈치지만, 여기선 키티 씨의 눈썰미에 기대는 것도 하나의 수일지도. 그렇게 생각할 때 가게 입구에서 키티 씨가 누군가와 이야기하는 듯하였다.

"귀여우니까 망토를 벗고 귀여운 옷이라도 입어보면 좋을 텐데."

"으?! ……무리입니다."

메마른 목소리는 여자 목소리인 듯했다. 나는 귀여운 목소리에 흥미가 일었다.

"더 자신감을 가져도 좋은데."

"……나는 귀엽지, 않으니까요."

입구의 카운터 너머에서 고개를 수그린 듯한 상대를 탈의실 안쪽에서 몰래 엿보자, 온몸을 푹 뒤덮는 망토 차림의 플레이어였다. 그리고 그 어깨에 비스듬히 난 칼집은 기억에 있었다.

"아, 아아아앗! 던전에 있던 사람!"

"……?!"

꿈틀 하고 몸을 굳히는 충격으로 망토의 후드가 흘러내리고 맨얼굴이 드러났다. 보라색 머리의 소녀였다. 놀라서 치뜬 눈동자는 맑은 바다색이라 예쁜 인상을 주었다.

"어머, 뮤우 친구?"

"얼마 전에 도움을 받았어요."

그렇게 전하자 "어머나, 그래. 세상은 넓으면서 좁네"라며 턱에 손을 대고 중얼거리는 키티 씨.

내가 뭐 하나 보러 온 루카와 히노도 던전에서 만난 솔로 플레이어라고 인식하고 놀랐다.

"이 애는 말을 너무 신중하게 고르는 버릇이 있어서 좀처럼 사람들하고 파티를 못 짜거든. 자, 자기소개."

그런 말과 함께 등을 떠밀린 여자애는 한 걸음 앞에 나서서니 부끄러움에 얼굴을 붉히면서 느릿한 어조로 자기소개를 시작했다.

"……안녕하세요, 토우토비입니다."

"나는 뮤우야!"

"루카토입니다."

"나는 히노. 잘 부탁해!"

부끄러워하면서도 자기소개를 하는 토우토비.

"어머, 너희는 괜찮나 보네. 그럼 사람 사귀는 연습으로 이 아이 방어구라도 골라주렴."

"……어, 무슨?"

키티 씨의 제안에 토우토비가 허둥거렸지만, 나는 개의치 않고 토우토비의 두 손을 붙잡았다.

"그럼 고르자! 안쪽으로 가자!"

"……어, 아, 어."

나는 토우토비의 손을 끌고 탈의실 앞까지 돌아갔다.

"그럼 어떤 방어구가 좋아? 중장비와 경장비 중 어느 쪽으로 할 예정?"

"……어, 어어."

"뮤우, 진정해."

쉴 틈 없이 질문하는 나를 가로막듯이 히노가 제지하였다.

"보세요, 토우토비가 혼란스러워 하잖아요. 질문은 하나씩 하죠."

"아하하하, 미안."

"……아뇨."

히노와 루카가 제지해준 덕분에 토우토비는 안도의 숨을 내쉬고 다소 쓴웃음을 지었다.

"그럼──그렇지. 일단 망토를 벗고서 골라야 할지도."

본인의 플레이 스타일도 중요하지만, 체형에 따라 어울리는 장비도 변한다.

"……안 벗으면, 안 되나요?"

부끄러워하면서도, 우리의 시선을 받아 몸을 움츠렸다.
그리고 시선을 견딜 수 없어졌는지 슬며시 망토를 벗자——

"역시 나보다 단연 크네."

"또 졌다."

망토에 숨겨진 가슴은 루카와 비슷한 정도겠지.

오늘 두 번째 패배에 분한 심정이었다.

"우우, 부러워."

"……어어, 죄송합니다."

"자랑이냐! 에잇, 만져야지!"

"……?!"

내가 정면에서 토우토비의 가슴으로 손을 뻗자, 토우토비
가 반사적으로 쳐냈다.

말로 했다고 해도 충분히 기습이었는데도 완벽하게 대응
하는 토우토비.

나는 질 수 없다는 듯이 다시금 공격하였지만, 족족 손에
튕겨났다.

정면에서 본 토우토비의 눈은 아주 가늘었고, 부끄러워하
는 기색은 털끝만치도 느껴지지 않았다. 마치 전투의 스위
치가 켜진 듯했다.

'그래. 전투 시와 평상시가 전혀 달라지는 타입인가.'

속으로 그렇게 평가하면서 나도 질 수 없다는 듯이 페인

트와 속공의 완급을 조절하면서 공격을 늦추지 않았다.

토우토비는 여태까지의 솔로 플레이의 폐해인지, 대인전의 기술이 없는 모양이라 금방 내 페인트에 걸려서 나는 그가슴을 정면에서 붙잡을 수 있었다.

"오오?! 루카보다 한층 클지도——"뭐 하는 건가요!""

내가 만진 건 몇 초 안 되는 시간이지만, 곧 루카가 떼어냈다.

"뮤우, 갑자기 그러니까 토우토비가 놀라잖아요!"

"괜찮아? 뮤우는 너무 자유분방하니까."

루카와 히노의 꾸지람에 나는 사과했지만, 루카는 새된 눈으로 노려보았다. 더 안 할 건데.

"그럼 사과로 내 가슴 만져볼래? 루카도 만져도 돼."

"왜 그렇게 되나요——"저기, 실례합니다."——아니, 토우토비, 만질 건가요?"

아까까지 재미있을 정도로 표정이 획획 바뀌는 루카와 떡하니 핀 내 가슴을 가볍게 건드리는 토우토비.

"……얌전한 가슴이네요."

"으웃, 성장기니까! 더 커질 거야!"

"……왠지 친구 사이의 대화 같아서 재미있습니다."

"무슨 소리야? 나랑 토비는 이미 친구야."

내 말에 토우토비가 깜짝 놀란 얼굴로 말의 의미를 생각했다. 그리고 질문을 돌려주었다.

"……토비?"

"그래! 토우토비니까 토비. 쟤는 루카토니까 루카! 혹시 토비면 싫어?"

고개를 갸웃거리며 올려다보자 여태까지 딱딱한 표정이 풀어지고 기쁜 듯이 입꼬리가 올라갔다.

"……애칭은 처음이라 기쁩니다."

부드러운 미소를 짓는 토비를 나는 무심코 껴안았다.

"토비, 귀여워! 분명 웃는 쪽이 어울려!"

"……아뇨, 나는 귀엽지 않아요."

귀엽다는 말에 익숙하지 않은지 허둥거리는 토비. 이렇게 되면 누가 봐도 귀엽다고 할 장비를 골라야지!

"루카! 히노! 토비한테 어울리는 장비를 찾자! 그런고로, 어른스러운 루카와 토비에게 어울리는 장비를 선택한 결과——"

"뭔가요?! 그 장비는!"

"……우우, 그건 부끄러워."

히노가 골라낸 장비를 앞두고 얼굴을 붉히는 루카와 토비.

루카에게 내민 방어구는 이른바 비키니아머였다.

빨간색으로 칠해진 그것은 여자로서 중요한 부분만 감추고 그 외는 대담하게 노출한 여검사 스타일.

그리고 토비에게 내민 방어구는 검은색 바니걸이었다. 망사 타이츠와 토끼 귀 카츄샤와 작은 나비넥타이의 경박한 스타일.

어느 쪽도 노출도가 대단히 높은 장비라서 개그 장비 취급이다.

"이런 장비는 창피해서 못 입어요!"

"그럼 망토도 추가로."

"왠지 더 에로해! 히노!"

"그러니까 안 입는다고요!"

신이 나서 꺼낸 비키니 아머에 히노가 검은 망토를 추가하려고 하자, 루카가 거듭 강하게 부정하였다.

토비는 보여준 장비에 부끄러워하면서도 가만히 바라보았다.

하지만 드래곤 어쩌구 하는 RPG의 전사를 방불케 하는 장비를 보니, 나도 비슷한 장비를 고르고 싶어졌다.

"루카가 그거면, 나는 이거랑 이걸까?"

그러며 고른 두 종류의 장비를 나는 내 앞에 내놓았다.

하나는 왕도적인 주인공 장비. 푸른 보주의 서클릿에 노란 타이츠와 파란 원피스. 그리고 검과 방패를 장비하면 용사 스타일.

또 하나는 청색과 황색을 바탕으로 하여 오렌지색 전신 타이츠에 십자 자수가 크게 그려진 상하의 일체에 모자가 있는 승려 스타일.

"오오! 파티 코스프레?! 그럼 나는 이거!"

그렇게 말하며 히노가 고른 것은 격투가의 장비였다. 한자로 용이라고 자수가 들어간 녹색 옷은 승려복과 비슷하지만, 허리에 천을 감아서 벨트 애용으로 삼았다.

"히노는 그걸 골랐구나! 이건 이거대로 재미있겠어!"

"싫습니다! 혼자만 창피합니다!"

강하게 부정한 루카는 고개를 휙 돌리고 비키니 아머를 원래 있던 자리로 되돌려놓더니 자기 취향의 장비를 찾았다.

토비도 계속 집중해서 보던 바니걸 옷을 황급히 정리하고 다른 방어구를 찾기 시작했다.

"조금 장난이 지나쳤어. 미안."

나는 루카에게 사과했다.

"됐습니다……."

귀엽게 화내는 루카에게 다시금 사과하면서 이번에는 진지하게 두 사람에 어울리는 장비를 찾았다.

루카는 붉은색으로 전사 계열. 토비는 검정에 가까운 어두운 색이 어울릴까. 차례로 방어구를 손에 들어보았지만, 거기서 두 사람의 이미지에 맞는 장비를 찾을 수 없었다.

그러는 한편, 루카와 토비는 서로 방어구를 하나씩 손에 들고 쳐들었다.

"이거 토우토비에게 어울릴 것 같은데요."

"……루카토에게는 이쪽이 좋겠어."

루카가 내민 방어구는 서양식 암살자 같은 장비였다. 상하의 일체로 몸에 딱 붙는 타이츠 스타일의 장비와 새빨간 머플러는 소매가 없어서 겨드랑이가 살짝 보이는 대담한 스타일과 어두운 색의 장비였다.

토비가 내민 방어구는 빨강과 검정색을 바탕으로 한 경갑옷이었다. 가슴 형태에 맞춰 만든 흉갑이 가슴을 지키면서도 그 모양을 강조하고 짧은 스커트에서 보이는 하얀 맨다리가 또 에로틱한 디자인.

어느 쪽도 개그 장비가 아니지만 가슴 두근거리는 장비.

"좋잖아! 두 사람 다 입어봐!"

"나도 두 사람이 그거 입은 거 보고 싶어."

"뭐, 입어보는 정도라면 하겠지만, 어울릴까요?"

"……보여주는 거 창피하니까, 탈의실로 가죠."

서로 손에 든 장비를 교환하고, 설치된 탈의실 안으로 들어갔다.

잠시 뒤에 두 사람 다 탈의실의 거울로 자기 모습을 확인하는 건지, 부끄러워하는 소리가 들렸다.

"루카, 토비, 이제 됐어?"

"조금 더 마음의 준비를……."

"안 기다려!"

나와 히노가 두 사람의 탈의실 커튼을 열었다.

탈의실 안에서는 하얀 팔다리를 드러낸 루카와 토비가 있었다.

루카는 몸매가 좋으니까 마음의 준비 운운하면서도 잘 소화하였다. 늠름하게 선 모습으로 짧은 스커트를 신경 쓰면서 이쪽에게 그 모습을 보였다.

"그래서 어떤가요?"

"대단해, 잘 어울려! 뭐랄까, 검을 들고──[전군 돌격!]이라고 할 것 같아!"

"아, 그건 해보고 싶네요."

다시금 거울로 자기 모습을 확인하는 루카였지만, 그 맨발이나 무방비한 팔을 보고 조금 아쉬운 얼굴을 하였다.

"같은 생산직에게 팔과 다리 방어구를 추가 주문해야 할까요."

다소 멋쩍은 듯이 웃는 루카.

그와 반대로 토비는 탈의실 구석에 조그맣게 웅크리고 있었다.

앞머리를 내린 암울한 느낌은 어새신 같지만, 머플러를 목에 감고 입가를 숨긴 모습을 보면 암살자보단 조그만 동물이란 느낌으로 와 닿았다.

"자, 토비도 서봐, 서봐."

나와 히노가 달라붙어서 세운 토비는 루카와 나란히 보고 섰다.

"아주 귀여워져서 깜짝 놀랐어요. 잘 어울리네요."

"……루카토도, 예뻐요."

부끄러운 듯이 고개 숙이는 토비.

루카와 마찬가지로 자기 장비가 마음에 든 모양이었다.

"그럼 우리도 장비 갈아입을까?"

"그래, 나도 내 장비를 입어보고 싶어졌어."

나는 히노와 함께 그 자리에서 장비를 바꾸었다.

여태까지 사용하던 천옷과 가죽갑옷에서 마기 씨가 만들어준 은색 갑옷으로 바꾸었다.

히노는 가죽 재킷에 가슴바대, 파란색 티아라. 작고 가냘
픈 몸에 어울리지 않는 오른팔의 건틀릿이라는 모습으로 변
했다.

 "짜안! 어때, 우리 모습은?!"

 "이게 베타판에서 우리의 모습이야!"

 그렇게 말하며 없는 가슴을 펴며 말하자, 두 사람 다 미소
를 지었다.

 "두 사람 다 어울리네요."

 루카가 칭찬해주고, 그 옆에서 토비가 몇 번이나 고개를
끄덕였다.

 "고마워, 두 사람 다! 그럼 키티 씨! 장비 살게요!"

 "그래, 지금 가격 볼게. ——어머나, 꽤나 귀여운 파티가
되었잖아."

 이쪽을 보러 온 덩치 큰 여장 남자는 기쁜 듯이 웃으며 우
리의 모습을 보았다.

 "……나, 나는 귀엽지 않아요."

 "그런 말하는 토비한테는 에잇!"

 나는 근처 진열장에 있던 액세서리인 머리핀을 발견해서
하나를 손에 들었다.

 다짜고짜 초승달 모양의 머리핀으로 토비의 앞머리를 올
려서 고정했다. 이것만으로도 인상이 확 변한다.

 "자, 예뻐졌다! 역시 앞머리로 숨기기보단 단연 이게 나아."

 거울에 비친 토비는 자기가 귀엽지 않다는 말을 삼켰다.

꾸욱 주먹을 쥔 토비는 고개를 돌려 우리의 얼굴을 진지한 표정으로 바라보았다.

"……저기, 나와 파티를 짜주세요!"

"응, 좋아!"

토비가 여태까지 파티를 잘 짤 수 없었다는 이야기를 키티 씨에게 들었고, 용기를 내서 부탁하는 것도 알았다. 그리고 거절할 이유도 없다.

"나도 좋다고 생각해요. 토우토비와 함께 모험하고 싶네요."

"나는 이미 새로운 파티 멤버라고 생각했어."

너무 자연스러워서 말할 때까지 몰랐다는 듯이 웃는 토비.

"그렇게 되어서 새로운 파티 멤버인 토비와 새 장비를 더하여 모험에 나가자!"

나와 히노가 주먹을 쳐들고 루카가 쓴웃음 지었다. 토비는 우리의 분위기에 낚여서 부끄러운 듯이 살짝 주먹을 쳐들었다.

"그렇게 됐으니 계산 부탁합니다. 키티 씨!"

"어머머, 축하할 만한 광경이니까 토우토비의 초승달 머리장식은 서비스해줄게."

루카의 방어구인 제네럴 루쥬의 장비 세 가지가 18만 G.

토비의 방어구는 어새신 슈트인 [어새시노이드]와 머플러인 [인비저블]이 합계 15만 G.

두 사람이 구입한 방어구를 만든 생산직의 연락처도 알아서 가게 밖으로 나갔다.

"토우토비가 참가했지만, 이다음에 어디로 갈까요?"

루카의 의문에 나는 전부터 가고 싶었던 퀘스트 하나를 제안했다.

"예이!――여성 한정 퀘스트 [크리스 동굴의 내부 조사]에――"반대!" 히노, 너무해!"

벌써부터 반대가 들어와서 침몰한 나를 대신해서 히노가 모르겠다는 얼굴을 하는 루카와 토비에게 설명했다.

여성 한정 2인조로 하는 퀘스트로, 출현하는 몬스터가 지네라는 말에 두 사람 다 전력으로 고개를 내저었다.

"난 퀘스트 보수도 별론데 벌레까지 보고 싶지 않아."

자기의 작은 몸을 껴안는 히노를 보며 이거 틀렸다는 심정으로 포기했다.

"그럼 그냥 근처의 적을 잡아 파티의 연대를 맞춰보면서 서서히 난이도 높은 상대에게 도전하는 건 어떨까요?"

루카의 제안에 전원이 찬성했다.

"그럼 잘 부탁해. 토비!"

"……예, 잘 부탁합니다."

명랑한 목소리와 웃음소리로 대답하는 토비와 함께 우리는 인적 많은 길을 지나 즐겁게 떠들면서 모험에 나섰다.

4장 코하쿠와 리레이

새가 지저귀는 소리가 들릴 듯한 조용한 숲속. 그 안에 트인 광장 중심에는 날카로운 비늘을 가진 거대한 도마뱀이 꼬리를 껴안은 모습으로 눈을 감고 있었다.

주위에 숨을 장소가 없는 가운데 우리는 일제히 튀어나갔다.

"이거나 먹어랏!"

제일 먼저 달려들어서 휘두른 내 공격에 대해 거대한 도마뱀——블레이드 리저드는 지면을 구르듯이 피하더니 파티 멤버에게 반격하기 시작했다.

"뮤우! 최근 앞에 안 나섰다고 해도 너무 돌격하잖아!"

나를 걱정하면서도 그 손에 쥔 망치를 빈틈없이 갖추는 히노는 달려드는 블레이드 리저드의 얼굴을 향해 힘껏 그것을 휘둘렀다.

"끄끼이이이——?!"

옆머리에 무거운 일격을 맞으면서도 버티는 내구력을 가진 블레이드 리저드는 보스몹이라고 할 만하다.

"다음은 루카 쪽으로 갔어!"

"토비! 맞춰주세요!"

"……알겠습니다."

새로 조달한 새빨간 방어구를 입고 한 손 검과 방패를 장비한 루카가 돌진해 오는 블레이드 리저드에게 맞추어 방패를 내밀었다.

"——! 하아아압!"

블레이드 리저드의 태클로 몸 전체가 지면으로 밀린 루카는 계속해서 휘두른 꼬리를 방패로 흘렸다.

초심자에게는 대처하기 어려운 블레이드 리저드의 연속 공격에 대해 루카는 기합이 섞은 공격을 날리고, 거기에 맞추어 토비가 순식간에 접근하여 비늘 틈새를 노려 단검을 꽂았다.

블레이드 리저드가 추격을 저지하기 위해 몸의 비늘을 곤두세우고 지면을 좌우로 구르듯이 움직여서 이쪽에게 거리를 벌렸다.

그동안에 우리는 새로운 연대에 대해 확인했다.

"어때, 루카? 새로 딴 [방패] 센스의 느낌은?"

"으음, 생각하고는 조금 다르네요. 하지만 지금의 무기를 들었을 때의 밸런스와 딱 좋으니까 조금 더 써볼까 해요."

"그보다 뮤우야말로 어때? 첫 공격이 빗나가다니, 난 그쪽이 신경 쓰여."

"……신경 쓰입니다."

"아하하……. 역시 알아차렸어?"

반대로 지적해오는 히노와 고개를 끄덕이는 새로운 파티 멤버 토비.

어제까지는 평범하게 넷이서 파티를 짜고 연대를 맞췄다. 빅보어 등 적정 레벨대의 피라미 몹을 상대하고 오늘은 보스 몹인 블레이드 리저드를 쓰러뜨릴 예정이었다.

"아니……. 사실은 어젯밤에 블레이드 리저드의 솔로잉에 성공해서."

"뮤우, 또 혼자 앞질러서."

히노가 기막힌 듯이 중얼거렸다.

그동안에 경계하며 굴러다니던 블레이드 리저드가 부활하여 사지를 쭉 뻗어 이쪽으로 돌격할 준비를 갖추고 있었다.

"뮤우! 나중에 자세히 들을 테니까요!"

"알았어! 그럼 열심히 남은 HP를 깎을까!"

루카의 말에 나는 한 손 검을 고쳐들고 블레이드 리저드의 오른편을 돌아들어갔다.

루카는 블레이드 리저드의 정면에 서고, 히노가 왼쪽, 토비는 어디든지 서포트하러 갈 수 있도록 유격 같은 위치에 섰다.

이번 블레이드 리저드 토벌은 각자가 본래 상정한 파티의 역할을 수행하며 보스에게 통용되는가의 시금석이 되었다.

루카만큼은 본래 전투법이 아니지만, [방패] 센스를 이용하여 안전하게 검으로 받아 흘리거나 회피의 타이밍을 잡는 연습이었다. 방패나 검은 리빙 아머를 쓰러뜨려서 얻은 드랍템 중에서 쓸 만한 것을 남겨두었고, 부족해지면 또 쓰러뜨려서 회수하면 된다.

그런 느낌으로 전위 셋과 유격 한 명의 완전 물리 공격 파티가 되었다.

"최근 파티에서 후위만 했으니까 팍팍 갈래!"

"그럼 뮤우가 싸울 수 있도록 나도 착실히 공격할래!"

내가 블레이드 리저드를 향해 달려가는 것에 맞추어서 히노도 망치를 어깨에 짊어진 채로 달렸다.

내 접근을 느낀 블레이드 리저드가 그 몸을 틀면서 날카로운 비늘을 곤두세운 꼬리를 휘둘렀다. 그 첫 공격을 느낀 순간 나는 뒤꿈치로 지면을 후비듯이 속도를 죽이고 상체를 젖혔다.

눈앞을 지나간 블레이드 리저드의 꼬리가 일으킨 풍압을 피부로 느끼면서도 회피에 성공했다.

베타판 때부터 몇 번이나 체험하고, 최근에는 자기 전에 몇 번 도전했던 블레이드 리저드의 공격 패턴. 그걸 종이 한 장으로 회피하고 한 걸음 내딛었다.

솔로잉으로는 여기서 가벼운 공격을 두 번 날리고 도망치는 게 정석이지만, 지금은 밀고 들어갔다.

"네 마음대론 안 돼! 하압!"

왼쪽에서 공격한 히노의 일격이 블레이드 리저드의 옆구리에 꽂힌 순간 움직임이 멈추었다.

"하압——〈피프스 브레이커〉!"

혼자서는 할 수 없는 움직임도 파티의 연대 속에서는 할 수 있다. 한 명의 공격에서 시작되는 연속 공격이 적의 움직임을 멈추고 아츠를 넣을 틈을 만든다.

"나도 갑니다. ——〈쇼크 임팩트〉!"

오연격의 아츠를 날려서 커다란 대미지를 준 뒤에는 틈이 생긴다. 그 틈을 찌르는 적의 반격을 저지하도록 강력한 일격을 루카가 겹쳐서 움직임이 멈춘 블레이드 리저드에 대해 토비가 단검의 연속 찌르기를 날려서 재행동까지의 시간을 늦추었다.

　그리고 나와 루카는 아츠 직후의 경직시간에서 해방되어——

　"——회피!"

　사령탑인 루카가 한마디 날리는 동시에 전원이 반격하려고 몸을 돌리는 블레이드 리저드의 꼬리의 회전공격을 회피했다.

　우리 파티는 한 명이 어그로를 모으는 게 아니라 전원이 회피 메인의 전투를 한다.

　파티의 누군가가 적의 어그로 수치를 집중적으로 끌어모으는 게 아니라, 이른바 전원 공격으로 전원이 미끼가 되는 회피 중시의 전법. 그렇게 해서 지금 적의 타깃이 된 것은——

　"아핫, 나인가!"

　무심코 즐거워서 웃음소리가 새어 나왔다.

　"다른 사람들은 타이밍을 맞춰!"

　"알았어요! 공격에 맞지 않도록 하세요!"

　루카에게 일제공격의 타이밍을 맞추라고 전달하자, 오히려 공격을 맞지 말라는 걱정이 돌아왔다. 일단 회피 중시의 전법이라도 일격에 쓰러질 만한 스테이터스나 레벨은 아니다. 또 상태이상 등도 보스 몹에 맞추어 고려하였다. 남은 건 회피의 스릴을 즐기면서 적을 이쪽의 싸움으로 끌어들일 뿐!

"자, 자, 이쪽, 이쪽!"

내 쪽으로 돌진해 오는 블레이드 리저드를 유인하듯이 적당한 거리로 유도했다. 휘두르는 발톱이나 꼬리의 변칙 공격, 날카로운 이빨의 물어뜯기 공격을 피하며 점찍어둔 포인트로 접근하자 나는 블레이드 리저드에게 등을 돌리고 전력으로 달렸다.

[SYURAAAA──]

내 갑작스러운 행동에 이쪽의 뒤를 쫓아 돌진하는 블레이드 리저드. 하지만 나는 지면을 세게 박차고 광장의 바깥에 펼쳐진 나무 중 하나의 줄기를 수직으로 뛰어올라 갔다.

그 나무 위에 올라간 나를 쫓아오려고 나무에 앞다리를 걸치고 올려오려는 블레이드 리저드. 재주도 좋게 뒷다리와 꼬리를 써서 거대한 도마뱀의 몸으로 나무줄기에 기어올라 와서 내가 있는 것까지 앞다리를 뻗었다.

"아쉽게 됐네요! 에잇."

나는 나무줄기를 박차고 공중으로 뛰쳐나갔다. 블레이드 리저드의 발톱 바로 옆을 회전하면서 지나쳤다.

"──〈라이트 슛〉!"

선물로 회전하면서 광탄을 블레이드 리저드의 등에 날렸다. 등에 대미지. 그것만으로는 공격이 끝나지 않는다.

"뮤우, 나이스 미끼! ──〈스매시〉!"

히노의 망치가 블레이드 리저드의 등에 강력한 일격을 꽂고, 블레이드 리저드는 망치와 나무줄기 사이에 끼어서 기절 상태에 빠졌다.

"뭔가요, 지금 움직임?! 궁금하지만 지금은 일단 공격하지요. ──〈피프스 브레이커〉!"

"──〈백스텝〉!"

루카는 블레이드 리저드가 일어서기 위해 몸을 지탱하는 왼다리와 꼬리를 연속으로 베었고, 토비는 블레이드 리저드의 뒤로 다가가서 오른다리 힘줄에 칼을 휘둘렀다.

그걸로 지지대를 잃고 기절 상태에 빠진 블레이드 리저드는 매달린 나무줄기에서 뒤쪽으로 쓰러지기 시작했다.

이 단계에서 HP가 3할 이하로 떨어진 블레이드 리저드는 유일하게 날카로운 비늘로 덮이지 않은 복부를 드러내며 기절 상태. 회복할 때까지 몇 초의 시간이 있는데 그걸 놓치지 않고 추격을 가했다.

"먹어랏!"

나는 지면을 박차고 높게 뛰어올라서 블레이드 리저드의 목에 그 높이를 살린 찌르기를 꽂았다.

"역시나 보스 몹! 단단하네. 하지만──!"

절반까지 꽂힌 한 손 검에 체중을 실어서 더욱 깊게 꽂았다. 그때 기절 상태가 끝났는지 블레이드 리저드는 날뛰며 도망치려고 네 다리나 꼬리를 휘둘렀지만, 아랑곳 않고 밀착 상태에서 손바닥을 대고──

"──〈라이트숏〉, 〈라이트숏〉, 〈라이트숏〉!"

광 마법을 때려넣어 대미지를 주었다.

다리를 휘두르거나 일어서는 걸 막기 위해서 다른 애들은 머리나 다리, 꼬리 등을 공격하여 대미지를 주었다.

나도 깊이 꽂힌 한 손 검을 쥐고, 날뛰는 블레이드 리저드에게서 떨어지지 않도록 하며 연속으로 광탄을 날려서 결국 블레이드 리저드의 HP를 0으로 만들 수 있었다.

[SURARARAAAA──]

마지막으로 약한 신음소리와 함께 빛의 입자가 되어 사라지는 블레이드 리저드.

일방적인 싸움을 혹시 윤 오빠가 봤으면──[그만둬! 가엾잖아!]라고 말했겠지. 그런 생각에 혼자 웃었다.

내가 쓰러질까 상대가 쓰러질까, 데드 오어 얼라이브의 게임 세계에서도 윤 오빠는 마음이 착해.

분명히 쓰러뜨린 뒤에 일어나서 동료가 될 것처럼 이쪽을 보았으면 지금 싸움으로는 죄악감이 장난 아니었을지도 모르지만 이미 익숙했다.

"자! 보스인 블레이드 리저드를 격파! 해냈어!"

나는 기운차게 다른 애들을 돌아보았지만, 다들 나를 미묘한 표정으로 보았다.

히노는 또 저질렀다고 허탈해하는 기색으로 서 있었다.

루카는 화난 것처럼 미간을 찌푸리고 허리에 손을 짚었는데, 그 모습에서 윤 오빠처럼 조용한 두려움이 느껴졌다.

토비는 입가를 머플러로 가리고 있으니까 모르겠지만, 뭔가 물으려는 것처럼 움찔거렸다.

"왜, 왜 그래, 다들……."

"묻고 싶은 게 많이 있네요. 이번에 첫 공격이 빗나간 이유나 블레이드 리저드 솔로잉 이야기, 그리고 그 괴팍한 움직임 말이에요!"

"루카, 괴팍하다니……. 그리고 토비도 고개를 끄덕이고."

나는 항의하려고 했지만, 모두가 지그시 바라보기 때문에 이유를 말했다.

"어어, 일단 첫 공격이 빗나간 이유는 레벨업해서 새로운 센스를 취득하게 되었으니까 지금 그걸 장비 중……."

조심조심 루카의 낌새를 엿보면서 대답했다.

플레이어의 스테이터스는 장비 센스의 레벨로 변한다. 신규 센스는 이를테면 상위 센스라도 레벨이 1이라면 스테이터스가 내려가고 일시적으로 약해진다.

그러니까 보스전 전에 신규 센스로 바꾸었기 때문에 스테이터스가 떨어져서 첫 공격이 빗나간 것이다. 그렇긴 해도 떨어진 건 SPEED뿐이지 다른 스테이터스는 그리 변화가 없을 텐데…… 아마도.

보스 솔로잉 이야기는 간단하다.

매일 밤 자기 전에 데스 페널티를 각오하고 혼자서 보스 몹에게 도전, 나의 스테이터스와 스킬을 구사하여 대치한다. 본래 파티로 연계해서 싸워야 안정적으로 쓰러뜨리는 보스니까 그 역할을 죄다 혼자서 하는 건 힘들지만, 그만큼 돌아오는 경험치는 크다.

참고로 아까 말한 신규 센스는 이때의 레벨업에 맞추어 손에 넣었다.

"그래서 무슨 센스를 입수했나요?"

"어어…… [장비 중량 경감]이랑 [행동제한 해제] 센스."

이걸로 경갑옷 부류의 장비는 더욱 가벼워지고 [행동제한 해제] 센스도 있어서 날개 달린 듯이 가볍게 돌아다닐 수 있다.

그걸 사용한 삼차원적의 아크로배틱한 가벼운 전투법도 가능해졌다. 다만 아직 레벨이 낮아서 몸이 다소 가볍게 느껴지는 정도다.

"그래서! 검이나 갑옷을 장비한 상태로 이런 것도 할 수 있어!"

파티원들에게 센스 설명을 했더니 차츰 집중하기 시작하기에 내 목소리도 뜨거워지기 시작했다. 최종적으로는 연속 백회전에서 비틀기를 더한 움직임도 보여서 루카와 토비를 아연하게 만들었다.

"……뮤우는 뭘 목표로 하는 겁니까?"

내 일련의 동작을 보고 불안해졌는지 그렇게 묻는 토비.

검사이며 광 마법을 쓴다. 거기에 회복 마법을 쓰는 만능 마법검사. 거기에 경이적인 아크로배틱 능력까지 해서 목표로 하는 것은——

"물론 팔라딘! 성기사야, 성기사!"

내가 힘주어 대답하자, 여태까지 잠자코 있던 히노가 못

참겠다는 듯이 어깨를 떨며 웃기 시작했다.

"아하하하! 역시 뮤우, 누구든 처음엔 놀라! 나도 베타판 때에 실컷 놀랐으니까!"

배를 잡고 웃기 시작하는 히노에 놀란 표정으로 고개를 갸웃거리는 루카와 토비.

나와 히노는 베타때부터 알고 지냈다. 그 무렵에도 나는 같은 센스를 따서 히노를 놀라게 했다는 게 떠올랐다.

"하지만 아직 멀었어. 날개처럼 가볍게 움직여야지."

눈꼬리에 맺힌 눈물을 손끝으로 닦는 히노지만, 나는 아직 만족하지 않았다. 겨우 베타판 때의 메인으로 사용했던 센스가 갖추어졌다.

"……슬슬 제2마을로 가지 않겠습니까?

토비는 일단 내 센스 이야기를 보류하고 다음 마을로 가자고 재촉했다.

"그러네요. 보스몹인 블레이드 리저드도 쓰러뜨렸고, 전진하죠."

루카도 납득하여서 우리는 블레이드 리저드를 넘어 전진하기로 했다.

동쪽 숲을 빠져나간 곳에 펼쳐진 것은 우리가 OSO에 로그인하여 처음에 오는 제1마을과 다른 마을이었다.

제1마을이 성채로 둘러싸인 중세 유럽풍 마을인 것과 달리 제2마을이라고 불리는 마을은 나무 울타리로 둘러친 목가적인 분위기의 작은 마을이었다.

"으음! 여기에 오는 것도 오래간만이야."

"왠지 좋네요. 농촌이란 분위기가 있어요."

루카는 신기한 듯이 주위를 둘러보는 가운데 근처의 수차에 눈을 빼앗겼다.

마을을 흐르는 작은 강이 수차를 돌리고, 그 동력을 물레방앗간으로 전달한다.

거기서 밀을 빻는 규칙 바른 소리가 울리고, 물보라를 일으키는 수차가 아주 시원하게 보였다.

"……여기는 어떤 마을입니까?"

"으음, 여기는 주로 요리 계열 아이템이나 목재나 재봉 계열 소재를 다루는 마을인가?"

토비의 의문에는 히노가 대답하면서 마을을 관찰했다.

마을에 있는 작은 밭이나 거기서 수확한 야채를 짊어지고 상자에 담아서 걷는 NPC들.

나는 변화한 제1마을의 분위기 쪽을 좋아하지만, 베타판에서는 이 분위기를 좋아하여 이 주변에 머무르는 사람도 있을 정도였다.

"어쩔까? 이 근처 에어리어의 적을 쓰러뜨리며 레벨 올릴까? 아니면 퀘스트라도 받아볼래?"

나는 그렇게 물으면서 제2마을에 설치된 전이 오브젝트인 포털을 만졌다. 여기에 등록하면 다음부터 제1마을의 포털에서 이 장소로 전이로 이동할 수 있다.

"저기…… 나는 조금 더 이 마을을 걸어보고 싶네요."

"……나, 나도 조금 보고 다니고 싶습니다."

조심조심 제안하는 루카와 아직 딱딱한 느낌으로 대답하는 토비. 두 사람 다 제2마을에는 처음이다.

"응! 그러면 베타판에서 샅샅이 돌아다니며 조사한 우리가 이 마을을 안내할게! 어떤 곳부터 보고 싶어?"

"그렇군요. 그럼 예쁜 경치라도."

"그럼 교외의 숲과의 경계려나. 결정되었으면 렛츠 고!"

내가 주먹을 쳐들고 선두로 걷기 시작했다.

●

제2마을 주변에는 가도변에 숲이 펼쳐졌고, 숲에 들어가면 바로 몬스터가 출현하는 에어리어로 이동할 수 있다.

하지만 지금 우리가 보는 것은 에어리어와의 경계의 광경.

"좋네요. 여기는 기분 좋아요."

"그렇지! 숲에서 사냥한 뒤에 여기에 와서 다 같이 쉬기도 했어!"

내가 그렇게 자랑스럽게 말한 곳은 숲에서 마을 안으로 흐르는 강 옆이었다.

마을의 정비된 수로와 비교해서 울퉁불퉁한 바위가 남은 강가에 맨발을 담그고 느긋하게 마을을 바라보았다.

강에서 물을 끌어들인 크고 작은 수로가 다니는 제2마을은 건물이 적기 때문에 마을을 넓게 둘러볼 수 있다.

NPC들의 기본 패턴인 농작업 풍경이나 그 사이를 걸어 다니는 플레이어들을 보면서 다리를 첨벙거려 가볍게 물을 튀겼다.

"……느긋하네요."

"최근에는 바쁘게 움직였으니까요."

"아, 나는 이대로 여기서 낮잠 잘래!"

토비, 루카, 히노의 순서로 이 물가의 매력에 잠겨들었다.

"모처럼 여기를 골랐으니까 여기 안내가 끝난 뒤에 숲에 안 갈래?"

"어어, 하지만 숲에 출현하는 몹은 귀찮아. 파티에 마법사가 가입한 뒤로 하지?"

이 숲에 출현하는 몬스터는 물리공격에 강한 블루 비틀이나 움직임이 빠르고 숫자가 많은 배럿 코로스토다. 분명히 마법사가 없는 파티면 힘들지도 모른다.

"음, 알았어. 오늘은 나도 쉴래."

그렇게 말하고 나도 누워서 하늘을 올려다보았다.

그대로 주욱 힘을 빼고 눈을 감자, 숲의 나무들의 나뭇잎 스치는 소리에 섞여서 사람의 목소리가 들려왔다.

"너! 왜 그 타이밍에 그런 짓을 했어!"

"후후후, 아니. 무방비하길래 그만……."

"그만, 이라면서 파티 멤버에게 장난치다가 쫓겨났으니 글렀잖아!"

뭔가 언쟁을 벌이는 여자애들의 목소리가 들렸다.

153

한쪽은 화내는 모양인데, 다른 쪽 여자애는 그걸 가볍게
흘려 넘겼다.

"아, 어쩔 거야! 전위 없이!"

"후후후, 그럼 다음 파티를 찾아야지요. 다음에는 쫓겨나
지 않도록 보기만 할게요."

"진짜 좀 그래주라. ……어이, 리레이, 어디 보는 거야?"

"후후후, 아뇨, 조금."

2인조의 발소리가 순간 멎더니 조금씩 우리 쪽으로 발소
리가 다가왔다.

눈을 뜨고 상체를 일으키자 목소리의 주인인 듯한 여자애
가 두 명.

"후후후, 거기 있는 분들, 한가하지 않나요?"

미소를 지으면서 우리에게 말을 걸어온 것은 양쪽으로 갈
라진 모자를 쓴 소녀였다. 그 뒤에는 기막히다는 표정을 한
굵은 눈썹에 작고 둥근 안경을 쓴 여자애가 있었다. 굵은 눈
썹인 쪽의 장비는 OSO의 세계관에서 보기 드문 일본풍의
디자인이라서 눈길을 끌었다.

"어어, 여기서 휴식하는 중인데, 무슨 일이라도?"

"아뇨, 내 이야기를 들었을까 싶어서요. 일단 자기소개
를. 나는 리레이입니다."

양갈래 모자를 쓴 소녀 리레이의 질문에 예의바르게 대답
하는 루카. 거기에 대해 리레이는 미소를 지으면서 말했다.

"여러분은 파티에서 마법사를 필요로 하지 않나요?"

"왜 그렇게 생각하나요?"

"잠깐, 리레이! 갑자기 그런 말을 하는 건 실례잖아! 죄송합니다! 금방 애 데리고 돌아갈게요."

갑자기 나타난 리레이와 달리 뒤쪽의 소녀가 리레이의 옷자락을 잡아당기고 돌아가려고 했지만, 리레이에게 흥미를 가진 우리는 그걸 막았다.

"잠깐 기다려! 실례 아니니까! 왜 그렇게 생각했는지 우리한테 말해봐!"

내가 목청을 높이자 굵은 눈썹의 여자애는 발을 멈추고 리레이의 옷에서 손을 뗐다.

그리고 "아, 흥미를 가져버렸다"라며 하늘을 올려다보고 중얼거렸지만 왜 저러는 걸까?

"후후후, 그럼 설명 드리죠. 내가 그렇게 느낀 것은 일단 제2마을에 있다는 점에서, 여러분은 실력 있는 플레이어라는 뜻."

손가락을 하나씩 세우며 생각을 말하는 리레이.

"그리고 이 마을에 올 수 있는 레벨에서 물리 계열 장비가 많이 보였습니다. 그런데 마법사가 없다, 혹은 있어도 전사와 마법사를 겸임하고 있다."

"정답. 하지만 우리는 누굴 기다리고 있을지도 몰라."

"기다린다고 해도 이 장소는 제2마을의 포탈과 떨어져 있으니까 그건 아니라고 생각했습니다. 간단한 추리입니다."

"……대단해. 맞았어."

중얼거리는 토비.

"그래서 리레이와…… 당신 이름은?"

"아, 자기소개가 아직이었지. 나는 코하쿠. 잘 부탁해."

리레이와 코하쿠라는 2인조의 직전의 대화를 떠올리면, 방금 전까지 있던 파티에서 쫓겨난 모양이었다. 또 두 사람의 장비가 전사 쪽이 아니라는 걸 생각하면——

"그래서 리레이와 코하쿠는 뭘 하고 싶어?"

"후후후, 그건——우리를 팔려는 겁니다."

역시나. 그렇게 생각하면서 나는 이걸 찬스라고 보았다.

"나랑 코하쿠는 둘 다 마법사입니다. 그러니 우리를 파티에 넣기만 하면 마법으로 공격력이 단숨에 오르지요."

"리레이. 그런 말에 파티에 넣어줄 사람이 있을 리가 ——"응, 좋아."——에엣, 괜찮아?!"

제법 괜찮은 딴죽에 히노와 토비가 코하쿠에게 작게 박수를 보냈다.

"진짜야? 진심이야?! 분명히 파티에 넣어준다는 건 기쁘지만……."

"마침 우리도 마법사가 필요했으니까 문제없어요."

"루카 말이 맞아! 우리는 마법사를, 코하쿠와 리레이는 자기들을 지켜줄 전위를 필요로 해. 파티는 그런 타산에서 시작해도 좋잖아?"

루카와 내가 대답하자, 코하쿠는 눈을 크게 뜨고 몇 번이나 껌뻑거렸다.

"후후후, 교섭 성립입니까. 잘 부탁드리지요."

"아, 또 리레이의 독니에 걸리는 여자애가……."

웃으며 오른손을 내미는 리레이와 우리가 굳게 악수를 나누는 한편, 코하쿠는 머리를 싸쥐고 뭐라고 중얼거렸다.

"우리도 자기소개를 해야지! 나는 뮤우. 검과 광 마법. 그리고 회복 주체로 싸워."

"나는 루카토. 전위 검사로, 파티의 사령탑 역할을 배우고 있습니다."

"나는 히노. 이 망치와 장창을 나누어 사용하는 전위야."

"……토우토비입니다. 척후입니다."

우리가 간단히 자기 전투 스타일 등을 전하자 이번에는 두 사람이 대답해주었다.

"후후후, 정중한 인사 고맙습니다. 나는 리레이. 마법은 화 속성뿐이지만, 그만큼 화력 중시의 센스 구성입니다."

"나는 코하쿠. 마법은 바람과 물, 두 종류야. 하지만 리레이의 무식한 화력을 보충하기 위해서 연사성이나 견제를 중시하니까 위력은 그렇게 세지 않아."

서로에게 각자의 특징을 듣고 파티 조합을 생각하기 시작했다.

이것도 아니다, 저것도 아니다, 그렇게 세밀한 파티의 움직임 등을 의논하면서 조금씩 기본이 되는 움직임을 정했다. 그동안에 리레이와 나의 거리가 조금 가까웠던 듯하지만, 나와 세이 언니와의 거리감을 생각하면 그냥 보통인 듯해서 신경 쓰지 않았다.

"이거, 혹시 골렘 갈 수 있는 거 아냐?"

"우리 파티 전력이라면 골렘 정도 여유야. 애초에 마법사 빼고도 이길 수 있지 않아?"

히노의 혼잣말에 코하쿠의 냉정한 의견이 들어갔다. 분명히 마법사 없이 내구전으로도 골렘을 쓰러뜨릴 수 있지만……

"아하하하……. 너무 장기전이 되면 다음 파티가 기다리니깐."

"아, 그런 것도 있지."

게임 개시 초기에는 골렘의 도전자가 없었기 때문에 [골렘 선생님]으로 레벨업을 할 수 있었지만, 최근에는 다른 플레이어들도 많이 레벨을 올려서 골렘에게 도전하게 되었다.

그중에서 한 파티가 장기전으로 들어가면 다음 파티가 싫어하니까. 그걸 고려해서 우리는 여태까지 골렘에게 도전하지 않았다.

다만 심야 등의 시간대에는 플레이어가 드물어지니까 블레이드 리저드 솔로잉 도전 등의 장기간 전투해도 다음 플레이어에게 폐가 되지 않는다.

"그럼 얼른 골렘한테 갈까?"

"일단 제1마을 도중의 몬스터들을 상대하면서 모두의 연대를 확인하지 않을래? 이야기랑 실제 움직임은 차이가 크니까 그런 점은 확인해둬야지."

파티전은 머릿수가 늘어나면 그만큼 개개인의 움직임이

복잡해지고 연대도 힘들어진다.

그때 문득 타쿠 오빠랑 이야기했던 게 떠올랐다.

'그러고 보면 타쿠 오빠랑 윤 오빠, 잠깐 파티를 짰다고 그랬던가?'

매일 식탁에서 얼굴을 맞대는데도 불구하고 윤 오빠에게서는 자세한 이야기를 못 들었지만, 타쿠 오빠한테는 윤 오빠의 활약이나 파티에서의 움직임 등을 들었다.

타쿠 오빠의 말로는 쓰레기 센스만 모아서 마이페이스로 플레이하는 윤 오빠지만, 그 내용은 플레이어 스킬이 나쁘지 않다고 했다.

특히 첫 대면인 상대와 파티를 짜도 연대를 맞추는 능력이 탁월하다. 그것도 연습 없이 이상적인 움직임을 할 수 있는 정도라고 했다.

분명히 윤 오빠는 예전부터 게임을 그리 잘하지 않지만, 동료의 연대나 어시스트로 아군의 능력을 끌어내는 게 이상하게 뛰어났다.

'나한테는 무리지만, 파티 전투를 거듭하며 멤버의 연대를 세련되게 만들 수 있어.'

속으로 고개를 끄덕이면서 나는 이 6인 파티로의 연대를 서둘러 연습하기로 결심했다.

"뮤우, 왜 그러나요? 갑자기 조용해져서."

"자, 얼른 가자! 나랑 토비는 먼저 포털로 갈 테니까!"

"괜찮아? 뭐 걱정거리 있어?"

어느 틈에 고개 숙이고 생각에 잠겼기에 모두가 걱정하는 모양이었다.

"괜찮아! 아무것도 아냐! 그리고 히노랑 토비, 나를 두고 가지 마!"

앞서서 종종걸음으로 이동하는 히노와 토비를 쫓아가서 껴안았다.

"……우우, 뮤우, 무겁습니다."

"아, 토비 너무해! 나는 무겁지 않아!"

조금 부끄러운지 껴안은 나를 떼어놓으려는 토비에게 오히려 더 달라붙자, 난처한 듯이 시선을 이리저리 움직였다.

"후후후, 눈보신, 눈보신."

"리레이. 자중해라."

그러는 한편 작은 목소리로 대화하는 리레이와 코하쿠의 모습이 있었지만, 우리는 알아차리지 못했다.

전원이 일단 제2마을에서 제1마을로 포털로 전이하고, 거기서 서쪽 숲으로 나갔다.

서쪽 에어리어에서는 들개나 박쥐 등의 피라미 몹도 있는 가운데, 서쪽 에어리어의 숲에는 비교적 강한 중형 몹인 포레스트 베어나 골렘이 있는 채석장의 샌드맨을 중심으로 전투를 반복했다.

"하아압!"

지금은 우리의 키보다도 큰 곰 형태의 몬스터, 포레스트 베어를 상대로 파티의 연대를 확인하였다.

전투가 시작되고 포레스트 베어의 일격을 루카가 방패나 검의 측면으로 받아내고, 히노가 상대의 공격범위에서 떨어진 장소에서 장창으로 찔렀다.

나와 토비는 교대로 포레스트 베어의 뒤나 측면에서 공격을 계속하고, 때로는 루카에게서 어그로의 타깃을 빼앗아서 그 타깃 변경의 틈을 노려 공격을 거듭했다.

"팍팍 간다! ——〈퀵 블래스트〉, 〈아쿠아 배럿〉!"

포레스트 베어는 덩치가 크기 때문에 머리 등 높은 위치에는 코하쿠의 바람과 물의 하급 마법을 연속으로 날려서 공격했다.

"후후후, 준비되었습니다."

"——전원 후퇴!"

루카의 호령과 함께 우리 전원이 포레스트 베어에게서 거리를 벌리고, 그 직후에 리레이의 화 속성 마법 〈프레임 번〉이 날아가서 지면에서 불기둥이 치솟아 곰의 몸을 감쌌다.

"해치웠어! 괜찮은 연대 아냐?"

리레이의 고화력 마법이 작렬하고 이미 포레스트 베어가 쓰러졌다고 생각하여 희색을 띠는 코하쿠. 거기에 따라서 루카와 토비, 리레이가 무기를 내리려고 했다.

이 점은 베타판의 경험의 유무라고 생각하면서 나는 불기둥을 가르며 나타난 포레스트 베어에게 즉각 대처했다.

나는 숲의 나무를 박차며 포레스트 베어의 눈높이까지 뛰어올랐다. 내 움직임에 반응하여 휘두른 발톱은 장창에서 망치로 무기를 바꾼 히노가 쳐냈기에 포레스트 베어는 크게 고개를 젖힌 자세가 되었다.

"으랴아아압!"

나는 곰의 머리통에 힘껏 가로베기를 날리고 그 기세로 공중을 회전하면서 포레스트 베어의 뒤로 착지했다.

"마법은 강력한 반면, 적의 모습을 숨길 수도 있으니까 방심하면 안 돼!"

내가 돌아보며 주의하는 것에 맞추어서 포레스트 베어의 거구가 비틀거리고 지면을 뒤흔들며 앞으로 쓰러졌다. 그대로 빛의 입자가 되어 사라진 뒤에는 놀란 얼굴의 네 명이 있었다.

"……그, 그래. 다음부터는 주의할 테니까. 아, 아니, 아니! 그게 아니라! 뭐야! 지금 그거!"

뒤늦게나마 확실하게 딴죽을 넣는 코하쿠의 반응을 기쁘게 생각했다.

"어, 그냥 [행동제한 해제]를 이용한 삼차원 움직임이야."

"그렇게 현실에서 불가능한 움직임이 되다니 완전 치트잖아. 우주비행사 훈련이라도 받았어?"

오늘 두 번째 실연이라서 가볍게 스텝을 넣으며 공중제비나 나무들을 사용한 삼각 점프 등을 보여주니 다들 기막힌 표정을 보였다.

"후후후, 그렇게 신이 나다니 귀엽네요."

"아, 완전히 리레이의 표적이 되었잖아."

코하쿠와 리레이가 뭔가 중얼거리지만, 그보다도 다음 포레스트 베어를 찾는 쪽이 중요하기 때문에 무시했다.

"좋아, 파티의 연대도 좋아지지 않았어?"

"그래. 급조 파티치고 좋을지도."

히노의 평가에 동의하면서 코하쿠와 리레이의 가입을 고맙게 생각했다.

"후후후, 오늘은 갑작스러운 파티 가입인데 감사합니다."

"아니, 이쪽도 마법사가 필요했으니까요."

루카가 미소를 지으면서 정중하게 인사했다. 거기에 대해 리레이의 눈동자가 스윽 가늘어지고 요사스럽게 흔들렸다.

리레이의 미미한 낌새 변화를 민감하게 느낀 루카는 한 발 물러나려고 했지만——

"후후후, 그럼 사례로 하나 받아갈까요?"

그리고 리레이는 루카에게 다가가서 귓가에 숨을 불어넣었다.

"히익?! 뭐, 뭐, 뭐하는 건가요?!"

"후후후, 생각이상으로 귀여운 소리를 내는군요."

"리레이! 너 뭐 하는 거야!"

루카의 귀여운 비명과 함께 떨어진 리레이는 요염하게 자기 입술을 혀로 달싹거리며 다음 표적을 향해 뛰어갔다. 갑작스러운 사태에 전원이 굳어서 움직이지 못하는 가운데, 그 표적의 뒤로 돌아간 리레이는——

"아주 예쁘장한 엉덩이네요, 후후후……."

"······?! 꺄악!"

토비의 귓가에서 속삭이고 방어구 위로도 확실히 알 수 있는 엉덩이를 가볍게 쓰다듬었다. 거기에 민감하게 반응한 토비는 앞으로 쓰러지듯이 굴렀다.

"리레이! 그만해!"

코하쿠는 막으려고 소리쳤지만, 앞서 리레이에게 당한 루카와 토비를 돌보느라 나설 수 없었다.

그리고 다음 표적이 된 나는──

"귓가, 엉덩이. 그리고 얌전한 그 가슴을 잘 받아──"

은색 흉갑의 옆에서 손을 뻗으려는 리레이를 상대로 나는 반사적으로 그 손을 잡으며 뛰었다.

리레이의 팔을 껴안는 듯한 자세인 채로 [행동제한 해제]를 살린 높은 신체능력으로 공중으로 뛰어올라서 두 다리 사이에 리레이의 머리를 끼웠다. 그대로 몸을 비틀어서 뒤로 쓰러지듯이 팔십자조르기가 들어갔다.

"······아, 아앗?! 미안, 그만 반사적으로?!"

"아니, 반사적으로 그런 움직임이 되는 일반인은 없으니까."

상당이 아크로배틱한 움직임으로 리레이를 쓰러뜨렸지만, 괜찮을까 싶어서 얼굴을 들여다보았다.

"후후후, 팔에 미소녀의 하얀 다리의 감촉. 이것도 참기 어렵네요. 아니, 아야야야······."

반성의 빛이 없는 듯해서 팔십자조르기에 힘을 조금 더 세게 주었더니 고통을 호소하기 시작했다. 격투기에 대미지 판정이 발생하는 [던지기]나 [주먹] 계열 센스는 없기 때문에 대미지는 발생하지 않지만, 다소 고통은 있다.

"뮤우! 그대로 있어! 지금 리레이를 묶을 테니까!"

"코하쿠는 어디서 그 로프를 꺼낸 거야?"

혼자만 피해가 없었던 히노가 딴죽을 넣었지만, 로프로 칭칭 묶인 리레이와 그 로프 끝을 쥔 코하쿠가 정좌한 형태로 이쪽을 돌아보았다.

"이번에는 내가 이 멍청이의 고삐를 꽉 잡지 않았던 탓에 불쾌하게 해드려서 죄송합니다!"

리레이의 머리를 억지로 누르는 형태로 엎드리는 두 사람. 그렇게 엎드려 사과하는 모습이 너무 멋져서 나와 히노는 오히려 묘한 느낌을 받았지만, 피해를 입은 루카와 토비는 우리 뒤에 숨어서 다소 거리를 두었다.

"왜, 왜 그런 짓을 한 건가요?"

분명히 갑작스러운 일이었기에 혼란스러웠지만, 왜 루카나 토비를 습격했는지 이유가 궁금했다.

"어어, 저기, 뭐라고 하면 좋을까……."

말하기 껄끄러운 듯이 시선을 돌리는 코하쿠. 잠시 뒤에 결심이 섰는지 크게 한숨을 내뱉고서 설명해주었다.

"리레이는, 저기…… 백합애호가야."

"백합이라니, 여자들끼리의 그거?"

"바로 그래. 여자들끼리 친하게 지내는 모습만 봐도 만족하지만, 가끔씩 못 견디게 되어서 이번처럼 성희롱 행위를 하지."

체념한 것처럼 중얼거리는 코하쿠.

"모두에게 말을 건 것도 지난번 파티에서 마찬가지로 여자애한테 성희롱을 하는 바람에. 파티 리더인 남자가 걔한테 마음이 있었던 모양이라서, 눈에 거슬리는 우리를 나란히 파티에서 추방하는 걸로."

될 대로 되라는 느낌으로 전부 다 털어놓는 코하쿠.

그리고 토비가 얼굴을 붉히면서도 조심조심 물었다.

"그래서, 두 사람은, 저기…… 그런 관계?"

"아냐, 아냐. 그건 절대로 아니니까."

"그렇습니다. 나한테도 여자를 고를 권리 정도는 있습니다."

"그렇게 진지하게 부정하는 걸 보면 사실이라고 괜히 짜증이 치미는 건 어째서일까?"

옆에서 멍석말이 상태인 리레이가 부정하자, 코하쿠는 이마에 핏대를 세우면서 리레이를 찌르기 시작했다. 리레이는 거기에 반항할 수 없지만, 왜인지 여유 넘치는 미소를 띠었다.

"그럼 둘은 왜 같이 있어? 코하쿠는 예전 파티에 남을 수 있었잖아?"

"어어, 으음."

내가 그렇게 묻자, 코하쿠는 리레이를 찌르던 손을 멈추고 고개를 갸웃거리면서 생각했다.

"역시 내버려 둘 수 없으니까. 게다가 이러니저러니 해도 리레이는 착한 애니까, 사태를 복잡하게 만들지 않기 위해서라도 내가 단단히 고삐를 잡아야지."

자조하듯이 웃는 코하쿠. 그 모습을 보니 리레이는 개성적이지만 나쁜 애는 아니라는 걸 알 수 있었다.

"으음, 뮤우, 루카, 토비. 저쪽에서 조금 의논 좀 할까?"

"우리 처우에 대한 거지. 알아."

"자, 자, 코하쿠. 실망하지 말고요."

"누구 탓인데! 누구 탓!"

아마 쫓겨날 거라고 체념하는 코하쿠와 반대로 태연하게 농담을 늘어놓는 리레이. 두 사람의 콤비에 히노가 살짝 웃음을 터뜨렸다.

"저 둘, 왠지 재미있네. 나는 마음에 들어."

정좌한 코하쿠와 리레이의 모습을 힐끗 본 히노는 호의적인 반응을 보였다. 그러는 한편, 루카와 토비는 다소 떨떠름한 표정을 하였다.

"분명히 재미있는 사람이지만, 귓가에 숨을 불어넣어서 놀랐어요."

"……나도 남이, 저기, 엉덩이를…… 만진 경험이 없어서, 깜짝 놀랐습니다."

리레이가 숨을 불어넣었던 귓가가 아직도 신경 쓰이는지 흠칫대는 루카와 새빨간 얼굴로 자기 체험을 말하는 토비.

분명히 갑자기면 놀랄 일이다. 나도 얌전하긴 하지만 분명히 있는 가슴을 붙잡힐 뻔했다. 그래, 성장 도중의 가슴을!

"뮤우는 어떻게 할 건가요? 일단 피해자잖아요?"

"으음, 분명히 루카의 말은 맞지만, 내 언니들이랑 하는 스킨십이랑 별로 다를 게 없으니까⋯⋯."

나는 검지를 턱에 대면서 여태까지 세이 언니랑 했던 장난이나 스킨십을 생각해보니 평범했다. 게다가 친한 여자애들과 보디터치 정도는 보통 하는 거고.

"친한 여자애한테 이번 같은 스킨십을 당하면 어떻게 생각해?"

"그건⋯⋯ 아마 나는 용서했지요."

"⋯⋯저기, 난, 그런 경험이 별로 없어요."

루카에게서는 동의를 받았지만, 토비는 조금 부끄러운 듯이 얼굴을 붉혔다.

"뮤우⋯⋯."

"아하하하, 왠지 미안."

히노가 새된 눈으로 노려보기에 얼버무리듯이 메마른 웃음을 짓자, 토비가 허둥거리듯이 말했다.

"⋯⋯그, 그러니까, 아니에요. 지금은 여러분이 친구고, 뮤우의 스킨십에는 깜짝 놀랐지만, 조금은 익숙해졌습니다."

귀까지 새빨개져서 머플러 깊이 턱을 묻으며 우리의 시선에게서 도망치려고 하는 토비.

"이번에는 리레이가 거리감을 제대로 못 챘지만, 더 친해지면 평범하게 지낼 수 있을 거라 생각해."

"아마 그럴 거라 생각해요."

"나는, 그러니까, 가능하면 천천히 친해지고 싶습니다."

피해를 입은 루카와 토비는 이번 일을 불문에 붙이자고 했지만, 히노는 거기에 제지를 걸었다.

"무조건 이번 일을 넘어가는 건 나로선 아니라고 생각해."

"음, 분명히 그러네요. 그럼 어떻게 할까요?"

뭔가 조건을 붙이지 않으면 안 될지도 모르는데, 그 조건이 나로서는 떠오르지 않았다. 하지만 그건 히노가 착실히 생각해둔 모양이었다.

"그거라면 간단해. 그러니까——"

우리는 그 내용을 듣고 전원이 동의했다.

●

"이쪽은 파티에서 쫓겨날 각오가 됐어! 하지만 역시 파티에서 쫓겨나는 건 괴로워."

"자기가 큰소리 쳐놓고서 약해지지 마세요."

"너 때문에 쫓겨나는 거잖아!"

여전히 헛소리와 딴죽을 주고받는 두 사람 앞에 선 우리. 의논이 끝나고 우리가 돌아오자 코하쿠와 리레이는 표정을 가다듬고 우리의 말을 기다렸다.

"의논 결과 말인데——골렘 토벌까지 임시 파티로 가고 그 결과에 따라 정할까 해."

내 말에 눈을 껌뻑이면서 그 내용을 되새기는 코하쿠.

"그 말은 즉……."

"골렘 토벌까지 파티를 짜겠지만, 그 전투의 상황이나 기타 등등을 판단해서 임시 파티로 끝낼 건지, 아니면 앞으로도 계속해서 짤지 결정할까 하는데, 어때?"

"어쩌고 자시고, 우리로선 불만 없어! 기회를 얻은 거니까. 리레이도 이상한 문제 일으키지 말고 착실히 해!"

코하쿠는 멍석말이 상태인 리레이를 질타, 격려하는 동시에 그 밧줄을 끊어서 해방했다.

"그럼 보스인 골렘으로 렛츠 고!"

"렛츠 고!"

내가 주먹을 쳐들며 소리치자, 내 분위기를 이해하여 히노만이 맞춰주었다.

루카는 쓴웃음을 짓고, 토비는 주먹을 살짝 든 건지 만 건지 망설이다가 부끄러워하였다.

코하쿠는 우리의 조건에 대해 진지한 표정으로 골렘과 싸우려고 하고, 한편 리레이는 우리의 모습을 보고 얼굴을 붉혔지만 괜히 접촉하진 않았다.

조금 이동한 우리는 서쪽의 보스 몹인 골렘에게 도달했다.

"자, 전투 개시입니다! 가죠!"

루카의 지시에 전원이 재빨리 위치로 이동했다.

"여러분이 평소 배치에 도착했으면 선제공격은 코하쿠가, 그 다음은 연습대로 부탁합니다."

루카의 지시에 따라 전위는 골렘을 에워싸는 위치에 서고, 후위인 코하쿠와 리레이의 앞에 루카가 섰다. 이 위치는 상황에 따라 변칙적으로 변하지만, 기본은 이 형태로 간다.

"자, 간다! ──〈퀵 블래스트〉 일제사격!"

저장해놓은 불가시의 돌풍 세 방이 휘몰아쳐서 골렘의 상체에 부딪쳤다. 물리 공격으로는 좀처럼 흔들리지 않는 몸이, 지금은 발을 세게 내딛고 자세를 바로잡으려고 했다.

"간다! 하압!"

"……갑니다!"

"나도 전력으로 간다!"

나와 토비는 기동력을 살려서 산발적인 공격을 반복하고, 골렘의 오금이나 다리 관절을 중점적으로 노려서 움직임을 막았다.

히노는 골렘에게 비교적 유효타를 먹일 수 있는 타격계 무기인 망치를 휘두르고 몸이나 허리를 노려서 적극적으로 대미지를 쌓았다.

우리의 공격에 어그로의 타깃이 정면에서 바뀌었을 때에는 루카가 골렘과 새로운 타깃 사이에 끼어들어서 공격을 흘리고 카운터를 날렸다. 그리고 움직이면서 빈 위치에는 후위와 가장 가까운 사람이 들어간다.

그사이에 코하쿠의 마법이 연속으로 골렘의 머리 부근에 날아가서 HP를 일정 속도로 계속 깎았다.

"후후후, 준비되었습니다!"

"다들 산개!"

리레이의 보고에 루카가 짧게 지시를 내린다!

골렘에게 접근하여 공격하던 전위는 거기에 맞추어 크게 물러나서 거리를 벌렸다.

"——〈프레임 번〉!"

커다란 불기둥이 골렘의 발치에서 솟구쳤지만, 두 팔을 휘두르며 불길을 없애려고 했다.

마법 대미지를 받으면서 골렘이 날리는 반격. 이 공격은 평소처럼 팔 밑으로 빠져나가든가 휘두르는 팔에게서 도망치듯이 골렘의 몸 주위를 빙글빙글 돌면 피할 수 있지만, 지금은 마법의 영향으로 그런 도주로가 막혔다. 안전히 거리를 벌리는 게 정답이었다.

그리고 불길이 사라진 직후에 다시금 우리가 접근하여 다음 공격을 날렸다.

"하압! ——〈피프스 브레이커〉!"

"——〈임팩트〉!"

"——〈쇼크 임팩트〉!"

"——〈백스텝〉!"

각자가 현재 유효한 아츠를 날려 대미지를 쌓았다. 이 시점에서 골렘의 남은 HP는 7할. 전에 히노와 루카와 함께 물리공격 중심으로 싸웠을 때와 비교해서 단연 효율 좋은 싸움이었다.

"후후후, 다음 마법 준비되었습니다!"

"──산개!"

아까보다 짧은 호령소리와 함께 골렘에게서 거리를 벌리고, 그 직후에 솟구치는 불기둥을 올려다보았다.

두 번째 불기둥을 맞고서도 골렘은 불길에 휩싸이지 않은 팔을 휘둘러서 불기둥을 찢었다.

"절망감 장난 아니네……."

HP가 보이지 않는 싸움이었으면 공격이 먹히지 않았다고 착각할 만한 광경이다. 코하쿠의 말에 그런 점에서는 동의하였다.

팔을 휘둘러서 불기둥을 돌파한 골렘은 후위인 코하쿠와 리레이를 향해 한 걸음씩 다가갔다.

"지금 일격으로 타깃이 후위로 넘어갔습니다! 나는 후위의 호위에 들어가지요."

"그럼 우리는 전력으로 저지할게!"

나는 최대속도로 달려가서 골렘의 오금을 향해 한 손 검을 휘둘렀다. 거기에 맞추어 히노가 자세가 기울어진 골렘의 어깨에 망치를 휘둘러 뒤로 쓰러뜨리려고 했지만 골렘은 그걸 버텼다.

"──〈퀵 블래스트〉!"

하지만 거기에 맞추어 코하쿠가 날린 바람 마법으로 골렘의 발 밑 지면이 터지고, 그 바람에 딛고 설 지면이 사라지면서 골렘의 몸이 뒤로 쓰러졌다.

"오옷! 나이스 타이밍!"

"마법은 직접 맞추는 것만이 능사가 아니니까. 하지만 나는 이걸로 MP를 다 썼으니까 회복 기다릴게!"

코하쿠의 말에 그걸로 충분하다고 대답하면서 그녀가 만든 찬스를 살리기 위해 단숨에 골렘에게 접근하여 근거리에서 마법을 날렸다.

"──〈라이트 숏〉, 〈라이트 숏〉. 한 방 더 〈라이트 숏〉!"

골렘이 일어날 때까지의 시간에 최대한 광탄을 때려 넣었다. 히노도 조금이라도 일어나는 걸 늦추기 위해 어깨나 팔을 중점적으로 공격했다. 토비는 골렘의 머리에 올라가서 머리의 결정을 단도 끝으로 재빨리 찔렀다.

"여러분! 물러나세요!"

우리는 공격할 찬스라고 생각하고 너무 깊이 들어갔던 모양이었다. 골렘에게 어울리지 않는 재빠른 동작으로 팔을 휘둘러왔다.

"옙!"

"〈임팩──꺄악!"

"히노?! 끄, 끄아!"

토비는 재빨리 물러나서 공격을 피했지만, 나와 히노는 바위팔에 세게 얻어맞아 크게 날아갔다.

히노는 망치를 방패삼아서 공격을 막아냈기 때문에 무기를 든 채로 엉덩방아를 찧듯이 뒤로 착지했다. 반대로 나는 날아가는 자세 그대로 [행동제한 해제]를 구사하여 공중에서 자세를 가다듬고 즉각 다음 행동으로 들어갔다.

"……여러분! 무사한가요?!"

"그보다 루카의 원호에 들어갈게!"

"나는 괜찮아요. 하압!"

골렘이 휘두른 오른주먹을 검의 측면에 맞추어 흘려내었다. 이어지는 왼주먹의 일격은 반걸음 물러나서 피하면서, 회피와 흘리기로 골렘을 방해했다.

그 뒤 다시금 골렘에게 접근한 우리는 회복 마법으로 파티 전원의 HP 관리를 하면서 마법사들의 MP가 회복되기를 기다렸다.

그리고 골렘의 남은 HP가 3할 이하가 되고——

"후후후, 큰 거 갑니다!"

"나도 MP의 절반 회복됐어! 리레이한테 맞출게!"

다시금 날아든 두 사람의 보고에 우리는 루카의 신호를 기다렸다.

"——지금입니다!"

그 순간 또 전원이 골렘과의 거리를 벌렸다. 이번 마법은 아까보다도 강력한 불길이 일었다.

"——〈프레임 번〉!"

"——〈리틀 토네이도〉!"

불과 바람 마법이 상승효과로 그 위력을 늘려서 골렘을 뒤덮었다.

마법을 연쇄시켜서 통상의 체인 보너스보다 위력을 늘릴 수 있지만, 다른 플레이어가 의도적으로 발생시키는 건 플레이어 스킬이 높다는 증거다.

"대단해! 어쩌면, 어쩌면……."

나는 두 사람의 높은 능력을 기대하면서 작게 중얼거렸다. 그동안에도 이글이글 불타는 불기둥이 골렘을 완전히 뒤덮고, 불길 속에서 선 검은 그림자가 무너져서 사라졌다.

●

이번에는 마법을 쏜 뒤에도 모두가 계속 경계하다가, 불길이 사라졌을 때 골렘이 쓰러진 것을 실감하고 전원이 어깨에서 힘을 뺐다.

"……끝났습니까?"

"끝났어. 토 달 수 없는 대승리!"

아직 실감이 들지 않는 토비가 묻자, 히노가 힘주어 대답했다.

루카도 이전의 골렘 레벨업 때에는 회피 중심이었기 때문에 이번처럼 지켜야 할 후위를 두고 적의 공격을 흘려내는 전투는 긴장감이 달랐던 모양인데, 조금 지친 표정으로도 미소를 짓고 있었다.

우리 네 사람이 골렘에게 이긴 것에 기뻐하는 한편, 코하쿠와 리레이는 아직 긴장으로 딱딱한 표정을 하고 있었다.

"그래서 우리는 어땠어?"

골렘 격파보다 자기들의 판정 쪽이 중요하다는 느낌이었다.

"응? 무슨 소리?"

"잊어버렸냐!"

"코하쿠, 진정해. 워, 워."

"나는 말이 아냐!"

리레이를 향해 코하쿠가 소리쳤지만, 나는 숨을 헐떡이는 코하쿠를 향해 가볍게 사과했다.

"아니, 미안. 너무 진지했으니까 어깨에서 힘 좀 빼라고 그랬어."

"그러니까 결과는?"

추욱 늘어진 코하쿠 대신 물은 리레이에게 나는 합격을 알렸다.

"나로서는 꼭 우리 파티에 넣었으면 싶을 정도. 그런 비장의 수가 있다니."

다른 이들도 두 사람의 싸움을 보고 문제없다고 느낀 모양이었다.

"다만 갑자기 만지거나 하면 놀라니까 너무 만지는 건 금지야."

"그, 그럴 수가……."

합격이라는 말에 코하쿠가 얼굴을 펴는 것과 대조적으로 다음 말에 리레이가 무거운 그림자를 드리우며 고개 숙였다.

"아쉽게 됐네, 리레이. 하지만 평소부터 행실이 안 좋았어. 다음에 그랬다간 분명 쫓겨날 거야."

"후후후, 하지만 극상의 미소녀들을 가까이서 본다는 환

경을 생각하면 이것도 또."

주르륵 흘러내리려는 침을 닦는 리레이에게 코하쿠는 새된 눈을 하였다.

"마음 다잡고 제3마을로 갈까! 그리고 6인 풀 파티의 완성을 축하해야지!"

"그래. 처음에는 나랑 뮤우, 둘뿐이었는데 잘도 모였어."

절절하게 말하는 히노를 보며 루카는 우리에게 스카우트되었을 때의 일이 떠올랐는지 작게 웃었다.

토비는 우리 셋이 처음부터 같이 있었다고 생각했는지 말없이 놀랐고, 코하쿠와 리레이도 마찬가지로 자기들 이외의 넷이 처음부터 함께 있었다고 생각했는지 놀랐다.

그건 객관적으로 봐서 우리가 꽤나 상성이 좋다는 소리 아닐까.

"파티도 완성되었고, 여태까지 못 갔던 에이리어나 몬스터를 팍팍 쓰러뜨리러 가야지! 언니네랑 맞서야 해!"

세이 언니나 타쿠 오빠처럼 최전선에서 싸우는 플레이어와 또 겨룰 만한 공략을 하는 것에 가슴 두근거렸다.

"후후후, 뮤우에게 언니가 있군요. 그거 기대됩니다. 미인이나 미소녀 주위에는 그런 사람이 모이니까요. 정말 기대됩니다."

"······리레이. 나는 네 그 포지티브함이 때때로 부러워."

그리고 우리는 광산 근처에 있는 철과 흙의 마을인 제3마을에 도달하여 얼른 전이용 포털에 등록하는 목적을 완수했다.

5화   던전과 타임어택

드디어 파티 멤버가 다 모였다.

파티의 사령탑이고 상황에 따른 유연성을 갖춘 검사 루카토.

작은 체구로 장창과 망치를 가려 쓰는 파워 어태커 히노.

속도와 손재주. 그리고 던전이나 모험에 필요한 수많은 기능을 가진 척후 토우토비.

고화력으로 광범위나 강대한 적을 섬멸하는 일격필살의 마법사 리레이.

그 일격필살의 마법사를 보조하면서도 자기 장점인 바람과 물 마법의 공격 타이밍과 발동 속도가 장기인 코하쿠.

그런 우수한 파티 멤버를 얻은 나는——

"하압! ——〈피프스 브레이커〉!"

밤의 숲속에서 빛구슬을 쏴올려서 대낮처럼 밝힌 가운데 열심히 검을 휘둘렀다.

차례로 몬스터를 찾아내어 솔로로 도전하는 연속 배틀.

그리고 길게 이어진 서치 앤드 디스트로이의 싸움도 몬스터의 전멸, 그리고 에어리어의 경계선에 서면서 간신히 끝났다.

전투 후에 자기 센스 스테이터스를 확인해도 시작하기 전과 큰 차이 없는 레벨. 그래서 크게 숨을 들이마시고 밤하늘을 향해 입을 열었다.

"──우와아아아! 역시 강함이 부족해."

큰 목소리로 외치면 주위에 내 목소리가 메아리친다. 한 동안 길게 숨을 토해냈을 때 돌아보면, 점점이 밝힌 〈라이트〉의 빛구슬이 떠있고 그 빛이 닿는 범위에 전투의 흔적이 보였다.

빅보어 몇 마리에 보스 몹인 블레이드 리저드. 그것들이 빛의 입자가 되어서 사라졌다.

이 전과는 모두 나 혼자서 한 솔로잉 레벨업의 결과다.

"하아, 역시 난 아직 약해. ──〈하이 힐〉."

윤 오빠가 들으면 농담 아니냐, 그거면 충분하지 않냐, 그렇게 말하겠지만, 내 기준으로 말하자면 단연 약하다.

애초에 오빠 같은 센스 구성이 논외지만, 나처럼 검과 마법을 병용하여 싸우는 건 꽤나 상급자다.

정해진 센스 장비칸이라는 리소스 안에서 검을 중심으로 한 물리와 마법을 양립시키는 방법에는 상당한 연구가 필요하다.

센스의 교환도 시야에 넣고 배분을 생각해야만 한다. 물리 중심에 서브로 마법을, 또 그 반대인 패턴도 흔하지만, 내가 목표로 하는 것은 완벽한 반반의 밸런스다.

그렇기 때문에 양쪽 다 고만고만해서 결정타가 부족해지기 쉽다. 그걸 보완하는 플레이어 스킬을 갈고닦는 게 필요하다.

"초기 보스와 정예몹을 상대로 대미지를 받다니, 역시 약해."

그렇게 중얼거린 나는 능력에 특화된 플레이어에게 지지 않도록 스스로를 단련하기로 결심했다.

마법검사처럼 어중간해지기 쉬운 센스 구성도 메리트인 다채로운 재주를 성장시키고 디메리트인 결정타의 부족 등을 보완할 수 있으면 누구도 막을 수 없는 강함을 손에 넣을 터다.

"그러니까 나는 [백은의 성기사]라고 불렸어. 다시금 그렇게 불리도록 힘내야지."

베타판에서의 별명이다.

그 이름에 부끄럽지 않은 강함을 다시금 얻고 싶다. 이번에는 세이 언니나 타쿠 오빠 등과 함께가 아니라 우리 파티로 손에 넣는다.

그것이 내 목표가 되었다.

"좋아! 한 바퀴 더 돌자!"

의욕이 생겼다! 애검을 크게 쳐들었다. 이번에는 달려온 숲을 역주하듯이 돌파하기로 했는데, 그 타이밍에 프렌드 통신이 들어왔다.

"아니, 의욕이 생긴 타이밍에 누가——어, 세이 언니다!"

이제부터 레벨업하려는데 방해가 들어와서 순간 불쾌해질 뻔했지만, 메뉴에 나온 이름을 확인하고 기분이 180도 바뀌었다.

[안녕, 뮤우.]

"세이 언니다, 오래간만! 난 잘 지내고 있어! 라고 해도 현실에서도 연락하니까 알려나."

현실에서 세이 언니는 대학교 진학 때문에 먼 곳에서 하숙하고 있고 곧잘 휴대전화나 메일로 연락을 주고받으니까 서로 건강하다는 걸 알지만, 왠지 게임 안에서는 오래간만인 듯했다.

[응, 윤한테 여름방학 중의 생활태도 같은 걸 들었으니까 괜찮아.]

"그 말은……"

[숙제는 잘 하고 있어? 게임만 하면 안 돼. 숙제는 잘 해놔야지.]

"예, 예입."

설마 세이 언니한테 주의를 받을 줄은 몰라서 쇼크. 내일부터 착실히 숙제 시작하자. 모르는 건 오빠한테 가르쳐달라고 하자.

"그, 그런데 세이 언니는 왜 프렌드 통신을?"

내가 숙제 같은 여름방학 중의 생활 태도에서 화제를 돌리려고 묻자, 세이 언니가 [으음~]이라며 생각에 잠긴 듯이 늘어진 목소리를 낸 뒤에 대답이 돌아왔다.

[뮤우가 어떤 느낌으로 지내는지 알고 싶어서. 윤이랑 전화한 것만으로는 모르는 게 있으니까.]

즉 OSO에서의 내 근황을 듣고 싶은 모양이다.

그러니까 나는 최근의 일을 세이 언니에게 하나씩 가르쳐주었다.

베타판에 이어서 히노와 파티를 짠 것을.

루카와의 만남과 임시 파티에서 겪은 불쾌한 일을.

토비의 귀여움과 옷을 열심히 골라주며 놀았던 것을.

코하쿠와 리레이라는 이상한 2인조가 말을 걸어와서 파티를 짠 것을.

내가 여태까지 경험한 여러 일을 느긋하게 말하자, 세이 언니가 프렌드 통신 너머로 맞장구를 쳤다.

[그렇구나~.]

"그래서! 코하쿠랑 리레이의 힘도 있어서 골렘을 잡고 제3마을에 도달했어!"

[뮤우한테 새 친구들이 생긴 모양이네.]

왠지 칭찬받는 것처럼 기뻐서 에헤헤 웃었다.

[그러고 보면 윤이랑은 만났어? 윤의 근황은 전혀 못 들었어.]

"윤 오빠 말이지. 일단 크리스 동굴의 퀘스트에 데려갔는데, 지네 때문에 비명을 질렀어."

내가 그때의 일을 떠올리면서 세이 언니한테 말하자, 세이 언니가 작은 목소리로 [윤, 고생하네] 라고 중얼거렸다. 무슨 소리지?

"내가 아는 건 그 정도야. 그 뒤로 뭘 하는지는 몰라. 타쿠 오빠랑 파티를 짜거나 근처 에어리어에서 느긋하게 돌아다니며 소재 채취를 하는 모양이야."

[……그래. 그럼 역시 [수수께끼의 블루 포션 상인]이랑은

다른가?]

작게 중얼거린 세이 언니의 말에 고개를 갸웃거렸다. 뭐가 생각이라도 하는 걸까?

[미안, 뮤우.]

"아니, 괜찮아. 그보다 언니 쪽은 어때?"

[나? 나는 지금 길드 설립을 목표로 조금씩 준비중이라고 할까.]

그렇게 대답하는 세이 언니가 말하는 길드란 플레이어가 중심으로 만드는 조직이나 그룹을 말한다.

같은 목적이나 취미기호의 플레이어들이 서로 돕거나 모여서 즐기면서 여럿이서 게임을 하는 방식 중 하나다.

모인 플레이어의 종류나 숫자에 따라 그 내용이나 활동은 천차만별. 전투 계열 플레이어가 중심으로 모이면 활동적인 전투 계열 길드가 되고, 그냥 사이좋은 플레이어들이 잡담만 할 뿐인 동호회 같은 길드도 존재한다.

"그래. 세이 언니도 이것저것 하는구나."

[그래. 게다가 베타판에 있던 생산 계열 플레이어 중 절반 가까이가 전투 계열로 바꾸는 바람에 새로운 생산 계열 플레이어의 육성도 거들고. 설마 포션이 부족하게 될 줄은 몰랐어.]

한탄하듯이 중얼거리는 세이 언니. 나는 포션 부족이나 가격 폭등의 영향을 안 받았지만.

"나는 [회복] 센스가 있으니까 포션은 보험일 뿐이지만,

고생이구나."

[그래. 지금은 조금 가격이 진정되었다고 해도, 제작자가 적으니까 회복량이 많은 포션은 쟁탈전이 치열해. 그게 양심가격이라면 다툼은 더 심하고. 고생이야.]

세이 언니의 고생담을 들으면서 서로의 근황을 더 주고받았다.

[미안, 뮤우. 푸념 같은 게 되었네.]

"됐어, 그런 건! 프렌드 통신으로도 세이 언니랑 이야기해서 좋았어. 다음에는 오래간만에 얼굴 보고 싶어."

[후후, 나도 뮤우랑 직접 만나고 싶네. 그리고 뮤우의 새로운 친구들도.]

"응! 세이 언니한테도 파티를 소개하고 싶어! 모두한테 언니를 소개하고 싶어, 자랑스러운 언니입니다! 라고."

내 말에 왠지 부끄럽다고 대답하는 세이 언니. 메뉴 너머에 있을 텐데 뺨에 손을 대고 난처하니 미소 짓는 모습이 간단히 상상되었다.

[그럼 제3마을에도 가게 되었으니까 운을 시험하러 그리로 갈까?]

"운을 시험하러? 아, 그 던전?!"

[그래, 뮤우네 파티의 앞날을 점치는 시험.]

그렇게 대답하는 세이 언니의 말에 베타판에서 있었던 어떤 던전을 말하는 거란 게 이해되었다.

"재미있겠다! 그럼 다 같이 시험해보자!"

[나도 파티 멤버를 찾아올게. 시간이나 타이밍이 맞으면 또 연락하자.]

"응, 기대할게."

그렇게 대답하고 프렌드 통신의 접속을 끊었다.

일단은 파티의 모두에게 예정을 물어야지.

그런 생각에 프렌드 통신으로 루카나 모두에게 시간을 물어보자 다들 오케이하였기에, 세이 언니와의 예정이 쉽사리 결정되었다.

다들 여름방학이라 한가하나 싶으면서도 세이 언니와의 약속한 날을 기대하며 보냈고, 드디어 그날이 찾아왔다.

그 약속장소에서――

"――세이 언니이이이이이이!"

다다다닷, 메마른 지면을 뛰어서 달려가는 나.

약속 시간에 파티 멤버들과 함께 거기로 가자, 이미 파티 하나가 던전 입구에 서 있었다.

그중에서 연청색 머리의 뒷모습을 발견하여 달렸다.

"어, 뮤우――꺄악?!"

세이 언니도 내 목소리를 듣고 돌아보았지만, 그때 내가 달려들어서 안겼기에 세이 언니는 놀란 소리를 냈다.

"뮤우. 갑자기 그러면 놀라잖아."

"미안. 그리고 오래간만?"

놀라면서도 다정하게 타이르는 세이 언니. 나는 올려다보고 사과했지만, 그래도 세이 언니에게 안긴 채로 커다란 가

습에 얼굴을 묻고 그 포용력을 만끽했다.

"하악하악……. 자매의 아름다운 포옹. 저 가슴은 사람을 못쓰게 만들어. 아아, 못쓰게 되고 싶어."

"리레이, 어~이, 리레이. 틀렸어, 완전히 맛이 갔어."

요사스러운 웃음을 지으면서 세이 언니의 가슴에서 눈을 떼지 못하는 리레이를 코하쿠가 제정신으로 돌려놓으려고 했지만 전혀 효과가 없어서 곧 포기했다.

"뮤우. 슬슬 소개해주겠니?"

"알았어! 이 애들이 내 파티 멤버!"

그렇게 말하며 세이 언니에게서 떨어져서 순서대로 소개했다.

"얘가 루카!"

"루카토입니다. 뮤우한테는 루카라는 애칭으로 불리고 있어요."

"성실해 보이네. 앞으로도 뮤우를 잘 부탁해."

"다음은 토비!"

"토우토비, 입니다. 저기, 잘 부탁드립니다."

"조금 부끄러움을 잘 타네. 잘 부탁해."

세이 언니는 한 명 한 명에게 말을 걸면서 인사를 나누었다.

"이어서 코하쿠랑 리레이!"

"왜 우리는 세트로 소개인데!"

"시간단축?"

"그런 배려는 필요 없어! 어흠, 소개받은 코하쿠라는 사람입니다. 부디 잘 부탁드려요."

한가득 웃음을 지으며 일본풍 장비로 아름답게 인사하는 코하쿠. 그 옆에서 마찬가지로 소개를 받은 리레이는——

"후후후, 미인에 거유인 뮤우의 언니. 부디 제 언니가 되어주지 않겠습니까?"

"넌 조용히 있어!"

불온한 발언을 한 리레이의 머리를 손에 든 부채로 파아앙 하는 경쾌한 소리를 내며 때리는 코하쿠.

저건 마법 지팡이의 효과도 가진 무기인데, 쥘부채의 역할도 하는구나 싶었다.

그런 두 사람의 반응을 본 세이 언니는 뺨에 손을 대고 난처한 듯이 눈썹을 늘어뜨렸다.

"어머나, 뮤우의 새 친구들은 개성적인 애도 있네."

"왠지 뮤우의 언니의 배려라고 할까, 다정함이 묘하게 가슴에 스며드네. 괴짜가 아니라 개성적이라는 표현이 특히……."

"후후후, 제법 재미있는 언니로군요. 개성적이라는 농담까지. 대체 누구 이야기일까요?"

"너야, 너!"

꺄악꺄악 떠드는 코하쿠와 리레이의 모습에도 익숙해졌기에 나는 가볍게 무시했다.

마지막으로 자기 소개하는 건 베타판부터 알고 지난 히노다.

"세이 언니, 오래간만입니다. 그리고 잘 부탁드려요. 뮤우의 파티 멤버인 히노입니다."

"히노, 오래간만. 잘 지냈어?"

"너무 건강해서 항상 즐겁게 지내고 있어요!"

한가득 웃음을 지으며 대답하는 히노. 세이 언니와의 신장 차이를 보면 근처 언니와 초등학생이란 느낌으로밖에 보이지 않기 때문에 자리의 분위기가 꽤나 푸근해졌다.

이어서 세이 언니의 파티 멤버를 소개받았다.

세이 언니의 파티는 남자 둘에 여자 넷인데, 남자의 흑심 같은 게 없는 화기애애한 분위기가 느껴졌다.

서로의 관계는 양호한 듯하지만, 그 장비나 행동은 게이머의 그것이었다. 세이 언니의 파티 멤버는 이쪽의 장비에서 센스 구성을 예측하였다.

그건 이쪽도 마찬가지다. 아직 그런 점이 익숙하지 않은 루카나 토비는 세이 언니와 화목하게 대화하지만, 나와 히노, 그리고 코하쿠는 착실히 저쪽의 장비를 체크하였다.

리레이는 혼자 다른 걸 확인하는 모양이지만 무시했다.

"파티 구성은 변칙적인 전위 둘에 후위 둘이려나."

"내가 보기론 전위 둘이 탱커고 메인 화력은 후위 셋. 한 명이 힐러야. 그리고 한 명의 장비는 적도마뱀 장비 세트야."

"그러고 보면 세이 언니가 포션 가격의 급등이네, 생산직에서 전투직으로 전환이네 그랬으니까, 드랍 장비일지도."

우리는 소곤소곤 이야기했지만, 그쪽에게 들린 모양이었다.

"세이의 동생이랑 그 친구들."

"예, 예입! 함부로 힐끔거려서 죄송합니다!"

"그런 건 됐어. 본 거랑 같아. 포션 절약이나 드랍 장비의 활용도 사실이니까. 그리고 이 장비는 운 좋게 입수했을 뿐이야."

"정말로 죄송해요."

말을 걸어온 여전사, 미카즈치 씨는 신경 쓰지 않는 듯이 밝게 말했지만, 다소 신경 쓰는 것도 있겠지 싶어서 다시금 사과했다.

"세이의 동생한테 사과받았다간 내가 나중에 무서운 꼴 보니까 그만둬."

"응? 그게 무슨 소리일까?"

"아니, 별거 아냐……."

히노와의 대화에서 돌아온 세이 언니가 우리와 이야기하는 미카즈치 씨에게 채근했다. 어떻게 이 상황에서 도망칠 방법이 없을지 시선을 돌리는 미카즈치 씨가 좋은 생각이 났다는 듯이 곧 미소를 지었다.

"그래. 세이의 동생에게 반성의 마음이 있다면 게이머로서 우리와 승부라도 할까?"

"앗, 그렇게 도망치고."

"자, 자, 세이 씨. 왠지 재미있을 거 같으니까요."

이야기를 돌리려는 미카즈치 씨를 변호하듯이 세이 언니를 다독이는 힐러. 입으로는 그렇게 말하면서도 미카즈치 씨가 무슨 말을 할지 기대하는 모습이었다.

"우리랑 이 던전의 공략 승부야. 승부 기준은, 그래, 타임어택이면 어때? 어느 파티가 먼저 던전의 최심부에 있는 보물을 회수하는가."

그녀는 엄지를 세우며 뒤쪽의 검은 광택이 있는 석조문을 가리켰다.

"룰이라고 해도 그냥 지표야. 우리보다 먼저 던전을 클리어하면 너희의 승리. 져도 타임어택이나 던전 공략의 모티베이션이 되겠지. 물론 우리도 최속 공략을 노리겠어. 어때?"

그 제안. 타임어택은 몬스터나 던전 구조만이 아니라 자기 자신과의 싸움이라는 요소가 있다.

오늘 목적은 운을 시험하러 던전에 들어갈 예정이었다. 다른 이들에게 눈을 주자, 디메리트가 없는 그냥 실력 테스트의 지표가 된다면 괜찮다며 승낙하였다.

"그 타임어택 승부, 받아들일게요."

"그럼 곧바로…… "그 전에 서로의 파티 확인과 던전의 예비지식을 공유해야지."──"알았어."

미카즈치 씨가 기운차게 던전의 검은 돌문으로 가려고 했지만, 세이 언니가 제지하였다.

그걸 보고 우리도 서로를 바라보며 던전의 정보 공유를 시작했다.

이번에 공략 목표인 던전. 그것은 [이상한 던전]이다.

●

총 5층으로 구성된 던전——[기사단의 시련]은 들어갈 때 랜덤으로 죄다 다른 던전으로 변한다.

　그러니까 다른 플레이어와 조우할 일도 없다. 그리고 이 던전에는 또 특징이 있다.

　첫 번째로 각 층의 던전은 그 구조와 마찬가지로 출현하는 몬스터의 종류가 랜덤으로 변경된다.

　두 번째로 한 번 들어간 층은 층별로 제시된 과제를 클리어하면 던전에서 탈출이냐 전진이냐를 고를 수 있다.

　이 [이상한 던전]의 랜덤 생성과 과제의 난이도 등으로 타임어택의 난이도도 변한다.

　"그건 불리한 승부 아냐? 아니, 미카즈치 씨나 세이 씨네는 몇 번이나 여러 던전에 도전했으니까."

　"분명히 보통 던전으로 승부하면 지겠지만, 랜덤 요소가 강하단 소리는 운이 좋으면 이길 수 있다는 거 아닐까? 지금 우리 실력을 알기엔 딱 좋지 않아?"

　승부란 말에 루카가 진지한 표정으로 이쪽을 보았지만, 나는 반대로 마음 편했다. 내 오늘 목표는 이 던전에서 나름 강한 몹이 출현하는 층을 뽑아서 레벨을 올린다는 것이었다.

　그게 레벨업에서 타임어택으로 변했을 뿐이다.

　"그럼 준비는 됐어?"

　내가 묻자 전원이 고개를 끄덕였다.

　"그쪽이 됐다면 시작할까. 너희 파티가 먼저 들어가. 5분 뒤에 우리 파티가 들어가지. 동시면 이 좁은 문에 다 못 들어갈 테니까."

미카즈치 씨가 그렇게 말하며 메뉴에서 보통 안 쓰는 타이머 기능을 사용하여 던전 공략 시간을 재기 시작했다.

"그런 간다. 레디, 고!"

그렇게 말하며 타이머 숫자가 움직이는 동시에 우리 파티가 검은 문으로 들어가자, 던전 문과는 전혀 색이 다른 장소로 튀어나왔다.

벽돌로 된 갈색의 벽. 그리고 멀리 녹색 피부의 고블린들을 발견했다.

"여기가 던전 안──"

"자, 다들 멍하니 있지 마. 우리 타임어택은 시작되었으니까."

히노가 가볍게 전원의 등을 두드려서 주의를 환기시키고, 메뉴에 표시된 달성조건을 확인했다.

──[고블린 계열 몬스터를 20마리 쓰러뜨려라. 남은 숫자 0 / 20]

"──〈솔 레이〉!"

"시작부터?!"

달성조건을 확인한 직후, 나는 최근 배운 수렴광선을 눈에 보이는 범위의 고블린에게 날렸다. 순식간에 두 마리의 고블린을 꿰뚫어서 조건의 카운트가 2로 늘어났다.

"1층의 제일 약한 몹으로 난이도도 낮지만, 시간이 걸리는 타입이니까 팍팍 가자!"

그렇게 말하며 한 걸음 내딛은 내 앞에 토비가 나섰다.

"……덫의 확인이나 척후, 정탐은 내가 하겠습니다."

"오옷?! 토비, 부탁해."

"그럼 오른쪽 통로로 갑니다."

그렇게 말하며 앞장선 토비의 안내에 따라 던전을 나아갔다.

고블린 계열 몹과 한 번 접촉할 때마다 대여섯 마리를 발견하여 차례로 쓰러뜨렸다.

처음에는 코하쿠와 리레이가 마법으로 숫자를 줄이고, 나, 루카와 토비, 히노가 나머지를 한꺼번에 쓰러뜨렸다.

고블린 계열 중에서 제일 강한 홉고블린이나 아종인 케이브 고블린 등이 섞여 있지만, 강함에는 별 차이가 없어서 차례로 쓰러뜨렸다.

그리고 조건인 20마리를 달성했을 때 눈앞의 벽돌바닥이 덜컹 소리를 내며 아래로 이어지는 계단을 만들어냈다.

"타임어택이니까 머뭇거릴 수 없어! 다음으로 간다, 다음!"

"지금은…… 6분 남짓인가. 꽤 좋은 페이스야."

코하쿠는 메뉴의 타임을 말하면서 다음 층으로 내려갔다.

다음에는 조금 물리 내성이 강한 골렘의 열화판 같은 몹인 크레이돌이 배회하는 층이 걸린 모양이었다.

여기서의 조건은 크레이돌의 레어 드랍을 다섯 개 모으라는 것.

거기서는 마법사인 코하쿠와 리에이가 활약하여 차례로

크레이돌을 쓰러뜨렸다. 섬멸 속도는 빠르지만, 드랍운은 보통이기 때문에 타임은 여기까지 12분 정도라서 시간이 좀 걸렸지만 좋은 페이스였다.

그리고 다음 층도 고블린.

"몹은 잘 걸리는데 조건은—— 으으, 운이 없어!"

3층에서의 조건은 던전의 보물상자에서 아이템을 찾으라는 것이었다.

적은 약하지만 제일 시간이 걸리는 타입의 조건이라 운이 없다며 실망했지만 어쩔 수 없기에 걸어가는데 의외로 상자를 일찍 발견했다.

유일하게 문제가 있다면 상자의 덫을 푸는 데에 시간이 걸리는 정도지만, 이게 폭발과 동시에 안의 아이템이 소실되는 타입이라면 다시금 보물상자를 찾아야만 하니까 토비에게 맡기고 빌었다.

"……상자가 열렸습니다."

"와아! 토비, 사랑해!"

나는 기쁜 나머지 껴안았지만 곧 떨어졌다. 위험해, 위험해. 타임어택에 관한 시간 낭비는 금물이라고 마음을 고쳐먹었다.

우리의 모습을 보던 리레이는 콧김이 가빠졌지만, 코하쿠가 득달같이 잡아끌고 4층으로 내려갔다.

3층은 3분이라는 경이적인 시간으로, 현재 16분. 이걸로 여유롭게 타임어택의 기록을 갱신할 수 있지 않을까? 라고 예감했지만, 4층으로 구성된 던전에서 현실을 깨달았다.

"아앗! 10분 코스다!"

우리의 눈앞에는 던전 같은 구조가 아니라 그저 넓은 벽돌 광장이 펼쳐졌다.

여태까지의 던전과 달리 보스전을 벌이는 곳이라고 해도 과언이 아닌 공간에 불길을 두른 야수나 얼음발톱을 가진 야수, 몸 표면에 전기가 달리는 야수, 온몸이 바위로 뒤덮인 야수, 이렇게 네 종류의 몬스터가 기다리고 있었다.

"사색수(四色獸)에 조건은── [모든 몬스터를 쓰러뜨려라]. 좋아, 1초라도 빨리 쓰러뜨리자!"

"뮤우, 잠깐! 작전 없으면 힘드니까 협격당하지 않게 나눠서 상대하자. 각각 상성이 좋은 상대와 맞춰서 해치우는 거야."

"그래선 파티의 장점을 살릴 수 없잖습니까? 나나 코하쿠라면 단독으로 무리라고 생각합니다만."

히노의 제안에 눈썹을 찌푸리며 묻는 리레이.

베타판을 아는 나와 히노니까 통하는 선택지에 조금 반성하는 한편, 히노가 정중하게 대답해주었다.

"사색수는 플레이어와 마찬가지로 연대해서 공격해 와. 그러니까 집단으로 부딪칠지, 개별로 잡을지, 이 선택이 필요해."

개별로 격파할 수 있으면 격파한 플레이어가 다른 이를 도우러 갈 수 있다. 반대로 다른 플레이어의 보조가 없기 때문에 자기 스테이터스 관리를 착실히 하지 않았으면 속절없이 당할 위험성도 있다.

그리고 히노가 개별공격을 권하는 이유는 연대를 막는 것 이외에도 모두가 히노의 공격에 휘말리지 않도록 하기 위한 것도 있었다.

그걸 감안하여서 파티로 싸울지, 개별로 싸울지를 택한다. 그리고 모두가 고른 것은——

"개별로 싸우는 게 낫다면 그게 좋지 않을까요?"

"……그런 이유라면 반대 없습니다."

"그래. 다만 마법사인 우리한테는 누가 좀 붙어줘."

"후후후, 그렇다면 상대 판단도 필요하겠군요. 나라면 뇌수일까요."

전원의 승낙을 얻었고 개별 분담도 정해졌다.

염수에게는 루카와 물 마법을 쓰는 코하쿠. 빙수에게는 토비. 뇌수에게는 나와 리레이. 그리고 암수는 히노가 담당하게 되었다.

"안 되겠다 싶으면 방어에 주력하면서 다른 이의 서포트를 기다려. 그거면 되지?"

"문제없음."

"그럼 간다!"

결정되자 광장으로 뛰쳐나갔다.

누워 있는 자세에서 순식간에 경계 태세를 취하는 야수들. 우리는 단숨에 각자가 담당할 야수에게 접근하여 첫 공격을 날렸다.

"하압!"

위에서 내리치는 내 한 손 검의 일격을 받은 뇌수가 공격의 기세를 이용하여 뒤로 물어났다.

첫 공격으로 줄어든 HP를 보면 피라미 이상, 보스 미만이라고 느끼고 대치했다.

내 공격을 시작으로 다른 멤버와 야수들의 싸움도 시작되는 가운데, 뇌수는 슬금슬금 전진하면서 이쪽의 낌새를 엿보았다. 그리고 순식간에 가속하여 이쪽에게 발톱을 휘둘렀다. 나는 그걸 검으로 막아내고 연속으로 휘두르는 뒷다리 차기나 몸에 두른 벼락을 계속 피하면서 리레이를 위한 시간을 벌었다. 그리고 뇌수의 태클을 검의 측면으로 막아내고 크게 이탈했다.

"후후후, 준비되었습니다! ──〈프레임 필러〉!"

그 직후에 뇌수를 집어삼키듯이 솟구치는 불기둥이 생겨났다. 리레이를 보면 고화력의 마법을 발동시킨 걸 알 수 있었다.

내가 리레이를 지키는 위치로 스윽 이동하자, 불기둥에 휘말려서도 그걸 돌파하여 이쪽으로 돌진해 오는 뇌수.

나는 리레이를 지키기 위해 뇌수의 돌격에 맞추어 한 손 검을 양손으로 들고 크게 앞으로 나서서 뇌수를 쳐냈다. 보통은 여기서 추격타로 승부를 내겠지만, 뇌수를 감싸는 전격이 검에도 전해져서 [마비]의 배드 스테이터스를 받았다.

"——〈큐어〉! 좋아, 간다!"

"——〈프레임 랜스〉!"

상태 이상 효과로 추격할 수 없는 나를 대신해서 리레이가 착실하게 뇌수를 공격하였다.

"후후후, 자, 다음에는 어떻게 할까요?"

고화력으로 단숨에 적을 제압한 리레이를 든든하게 생각하면서도 다른 멤버와 야수들의 싸움으로 눈을 주었다.

염수와 상대하는 루카와 코하쿠는 코하쿠의 물 마법이 염수의 움직임을 견제하고 루카가 공격하고 있었다. 여기는 이제 곧 승부가 날 것 같으니까 원호할 우선순위는 낮을 듯했다.

다음에 빙수와 대치하는 토비는 직접 공격력이 낮기 때문에 유효타를 넣지 못하고 있지만, 일격 이탈로 대미지의 리스크를 낮추면서 속도를 달린 여러 차례의 공격으로 작은 대미지를 쌓아올렸다.

그리고 암수를 담당한 히노는——

"하압——〈브레이크 해머〉!"

망치를 내리쳐서 외피를 뒤덮은 바위까지 깨부수는 히노. 그 싸움은 평소의 히노와 달리 타임어택에 적합한 모습이었다.

평소라면 절대로 하지 않을 만한, 방어를 완전히 도외시하고 최대 대미지로 효율 좋게 쓰러뜨리는 노가드 전법. 자기를 공격하려고 다가오는 암수에 대해 공격을 받는 동시에 카운터로 아츠를 날린다.

시간단축을 목적으로 한, 주위에 대한 배려를 무시한 공격이야말로 히노가 개별공격을 제안한 이유다.

나는 곧바로 히노에게 회복마법을 걸었다.

"——〈하이 힐〉!"

"오옷?! 뮤우, 고마워!"

"히노! 혼자서 너무 무리하잖아!"

"그래? 타임어택을 할 거면 이게 보통인데, 걱정 끼쳤으면 미안해. 그럼 나는 루카네 쪽으로 갈 테니까, 뮤우는 토비 원호를 부탁해."

그렇게만 말하고 망치에서 장창으로 바꿔든 히노가 달려갔다.

나는 잠시 히노의 움직임을 보고 있었지만, 내 걱정을 받아들였는지 루카네와 연계하여 견실한 플레이로 염수를 쓰러뜨렸다.

나도 히노를 걱정한 게 기우였다고 느끼고, 토비와의 연대를 구사하며 빙수를 쓰러뜨렸다.

이 시점에서 22분. 히노가 억지로 암수를 쓰러뜨리고 루카 쪽을 도우러 가서 타임을 단축할 수 있었으니까, 어쩌면 타임어택 기록을 갱신할 수 있을지도 모른다.

기대와 불안을 품은 채로 던전 5층으로 발을 옮기고 그 달성 조건을 본 순간——나는 타임어택의 달성을 포기했다.

●

"아, 둔룡을 뽑아버렸나."

"우리 도전은 여기서 끝이네."

아차~ 라는 느낌으로 이마에 손을 짚는 나, 그리고 체념하여 벽에 등을 맡기고 크게 말하는 히노.

의아한 듯이 고개를 갸웃거리는 다른 사람들은 5층으로 내려가는 통로 안쪽을 보고 얼굴을 굳혔다.

5층으로 내려오면서 돌아가는 길은 사라져서, 이제 이 층의 과제를 달성하지 않으면 나갈 수 없다.

그리고 우리가 뽑은 둔룡이란…….

"뭔가요, 저건? 공룡?"

"……트리케라톱스랑 비슷하네요. 조금 귀여울지도."

"초식동물 같은 외모를 하고서 이름은 용이네. 쓰러뜨리기 힘든 거 아냐?"

"후후후, 그럼 여기서 휴식할까요?"

둔룡은 이 [기사단의 시련] 던전에 출현하는 최강의 몹이다. 운이 좋으면 누구든 타임어택을 노릴 수 있는 던전에서 절대로 뽑아선 안 되는 상대다. 얼마나 강한지 말하자면 이 부근에서 출현하는 보스 몹보다 더 위를 자랑하는 상대다.

"뮤우도 히노도 체념이 너무 이르지 않나요?"

"아니, 적정 레벨보다 강한 적하고 싸우는 거야. 뭐, 데스 페널티를 각오하고 덤비면 질 것 같지 않지만, 타임어택을 노릴 수 없는 건 쇼크야."

"나도 못 이긴다는 생각은 안 하지만, 여태까지 서둘러 왔으니까 조금 휴식이야. 애초에 내구도가 높고 단단하고, 좁은 장소에서 날뛰는 거니까 회피가 어려워."

통로에서 엿본 둔룡은 꼬리를 몸에 붙이고 있지만, 몸 전체가 두껍고 단단한 피부로 뒤덮이고 머리에는 뿔이 세 개 있다. 게다가 용 특유의 브레스라는 범위 공격을 해온다.

넓은 공간도 좁게 느껴지는 덩치 때문에 빨리 움직일 수 없다는 게 그나마 다행이다.

"그러면 공략방법은 있나요?"

"으음. 그래, 상태이상에는 약하니까 독의 도트 대미지라든가, 벽에 부딪친 직후를 노려서 대미지를 쌓는다든가."

뭐, 내구전이 필수인 상대다.

"…………."

"토비, 왜 그러나요? 뭐 걱정 있습니까?"

토비는 우리와 마찬가지로 앉아서 이야기에 귀를 기울이고 있었는데, 그 표정은 진지함을 띠고 있었다. 리레이의 기척에 그 동요가 보였다.

"……대단한 건 아닙니다."

"뭐 공략의 힌트가 될 만한 거라도 찾았어?"

토비는 숨겨진 것을 찾아내는 [발견] 센스를 가졌다. 여기에 오기까지 단순한 덫의 발견이나 탐색에도 도움이 되었다. 그런 토비의 입에서 나온 말은——

"저 둔룡은 어떻게 저 안에 들어갔을까요?"

무슨 콩트처럼 주르륵 미끄러질 뻔했다. 설마 그런 생각을 했나 싶어서 눈을 돌리자, 말한 본인이 머플러를 입가에 대고 부끄러워하고 있었다.

"어, 나도 그건 궁금해. 어떻게 안에 들어왔을까?"

"히노까지 그런 소리 하고!"

나는 히노 쪽으로 다시금 눈을 돌렸지만, 루카는 턱에 손을 대고 생각에 잠겼다.

"분명히 저 크기로는 물리적으로 출입이 어려우니까, 알의 단계에서 가져와서 이 던전 안에서 육성했다는 설도 생각할 수 있겠네요."

"루카토도 무슨 생각 하는 거야!"

나와 코하쿠는 기가 막혔지만, 곧 생각을 바꾸었다. 던전 [기사단의 시련]의 백그라운드를 상상하는 것도 게임을 즐기는 법 중 하나다. 하나하나의 아이템이나 장소에는 설정이 있다.

분명히 이 던전에 관련된 퀘스트에는 길드 설립 퀘스트 중 일부가 있을 것이다.

"……이 던전은 기사단의 훈련용으로 만들어진 인조 던전이라는 설정이 아니었나? 기사단에 관련된 마물이나 의사적으로 싸울 수 있는 장소란 이야기."

"후후후, 그거라면 강제적으로 모은 마물은 아공간에서 쓰러져도 마력적인 뭔가로 부활하니까 안전하게 훈련할 수 있다는 느낌일까요."

"하지만 보통 기사 NPC가 둔룡을 붙잡을 수 있을 정도로 강한가? 백 명 모아도 무리라고 생각해.”

“그건 NPC에도 규격 외로 강한 사람이 있든가 하지 않아? 그거라면 앞뒤는 맞겠고.”

어느 틈에 다들 이 던전의 설정 등에 대한 예상을 말하기 시작했다. 도중의 달성조건은 기사의 훈련을 위한 조건이었다든가, 출현하는 몬스터를 포획된 몬스터설이나 마법사가 만들어낸 마법생물설 등 여러 가지가 오갔다.

그렇게 다들 떠드는 가운데, 혼자 이야기에 기어들지 않았던 코하쿠도 결국 참가했다.

“나도 좀 끼워줘! 저 둔룡은 용기사가 사역하는 용이라는 설도 재미있지 않아? 아니, 여태까지 나온 몹보다 기품이 있달까, 예쁘고 귀여운 눈이야!”

“오, 그 설정 조금 재미있을지도! 그리고 하늘을 못 나는 용기사란 것도 재미있어서 좋을지도. 둔룡의 돌격에 맞추어 저 등 위에서 창으로 찌른다. 마치 이동요새야.”

“그래! 뮤우는 말이 통해서 좋아……. 헛?!”

어느 틈에 소외감 때문에 이야기에 끼어든 코하쿠가 냉정을 되찾고 부끄러운 듯이 부채를 펼쳐서 입가를 가렸다.

“뭐, 내 공상은 됐어. 저 둔룡을 어떻게 쓰러뜨릴까, 그게 중요해.”

어느 틈에 이야기는 일탈했지만, 이런 백그라운드의 예상으로 대화에 꽃이 피었던 덕분에 기력이 솟아났다.

“좋아! 나도 기운이 났어. 작전은―― 타깃의 체인지면 어때?"

히노가 제안한 작전. 그건 본래 탱커가 둘 이상 필요한 방식이지만, 모험은 항상 만족스러운 상태에서 할 수 있는 게 아니다. 그리고 그 이상의 작전을 아무도 떠올리지 못했기에 전원이 납득하고 둔룡에게 도전했다.

"전원, 지정장소로!"

사령탑인 루카의 지시로 우리는 둔룡과 싸울 공간으로 퍼졌다.

둔룡을 향해 오른쪽에서는 나와 히노, 코하쿠가. 반대편에서는 루카와 토비, 리레이가 배치에 들어갔다.

둔룡은 돌진이나 브레스 등의 직선적인 공격을 하기 때문에 정면은 위험하고, 또 방어도 단단하다. 따라서 정면에 모일 리스크를 줄이기 위해서 좌우로 분산하여 방어가 약한 장소를 조금씩 공격하여 HP를 깎는 작전이다.

[GUOOOOOOOOO——]

좌우에서 우리의 배치가 완료되는 동시에 둔중한 둔룡이 일어서서 포효를 질렀다.

"선봉은 내가 간다!"

그리고 첫 공격을 맡은 것은 히노였다. 장창을 들고 옆에서 둔룡의 머리에 퍼진 프릴 뒤쪽으로 찔렀다.

약점에 공격을 받은 둔룡은 공격을 꺼리듯이 몸을 비틀고 머리를 흔들었다. 그렇게 오른쪽의 약점을 가드하려고 했지만, 반대쪽에서 토비가 안전중시로 1회용 투척 나이프를 차례로 던졌다.

"대미지는 적지만 충분히 통해!"

나도 질 수 없어서 약점 이외의 비교적 약한 다리나 복부를 노려서 공격하였다. 마찬가지로 대검의 리치 때문에 약점을 공격하기 어려운 루카도 반대쪽의 같은 장소를 공격하였다.

둔룡도 짓밟기나 꼬리를 휘둘러서 반격하려고 했지만, 그런 공격들을 경계하면서 신중하게 공격했기 때문에 잘 피할 수 있었다.

그리고 한동안 교대로 좌우의 프릴 뒤쪽의 약점을 공격하자, 둔룡에게 특정 공격의 예비동작이 보였다.

"전원 대피!"

루카가 호령을 내리는 동시에 다들 재빨리 공격을 멈추고 전위가 둔룡에게서 거리를 벌렸다.

[WOOOOOOOOOO──]

둔룡의 거구가 오른쪽에 선 우리 쪽을 향해 쓰러졌다.

공간 전체가 위아래로 흔들려서, 넘어지지 않도록 중심을 낮추고 버텼다.

옆으로 쓰러지면서 땅을 울리는 것은 브레스나 돌진과 함께 둔룡의 강력한 공격이다. 하지만 그 공격 직후에 루카네 쪽으로 부드러운 육질인 머리를 노출한다.

"후후후──〈파이어 샷〉!"

땅울림이 가라앉는 동시에 리레이가 준비했던 화염 창이

둔룡의 복부에 꽂히고, 둔룡이 고통의 소리를 지르며 또 일어났다.

타깃이 리레이로 변하여 둔룡은 그쪽을 보려고 방향을 바꾸려 들었지만, 정면에 있지 않도록 좌측면을 향해 움직였다.

그걸 꺼린 둔룡이 움직임을 멈추고 목을 옆으로 흔들더니 입 안에서 오렌지색 빛이 넘쳐나는 동시에 나와 히노는 뛰어나갔다.

"돌격! 내 뒤를 따르라!"

"그렇긴 해도 최고의 대미지 찬스니까!"

나는 둔룡의 등으로 달려가는 동시에 머리의 프릴 뒤쪽으로 무기를 꽂았다.

둔룡의 브레스 공격은 정면에서 옆으로 발사되는 폭염 범위공격이다.

그리고 리레이 쪽을 쫓듯이 고개를 돌리는 둔룡은 그동안 머리의 프릴로 열파를 막기 때문에 프릴 뒤의 뿌리부분이 제일 안전한 지대이며 약점이 된다.

"자, 내가 세 사람을 지킬까──〈워터 라운드〉!"

코하쿠는 둔룡의 브레스에 맞춰서 물방패를 만들어내어 불과 물로 대미지를 상쇄하며 루카 쪽으로 오는 브레스의 위력을 죽였다. 그 물방패를 넘은 브레스의 여파를 리레이의 화염벽으로 받아냈다.

"웃, 브레스가 끝난다. 후퇴, 후퇴!"

나는 다급히 꽂았던 검을 뽑고 둔룡의 등에서 물러났다.

이번에는 우리가 어그로를 먹었기 때문에 루카네에게서 다시금 우리들 쪽으로 타깃이 돌았고, 둔룡이 천천히, 천천히 방향을 바꾸었다.

꼬리를 던전 바닥에 쾅 부딪치는 걸 보면 꽤나 화가 난 모양인데, 이것도 공격의 예비동작 중 하나.

"돌격이 온다!"

"아아, 긴장되네. 아슬아슬하게까지 못 도망치는 건 싫은데."

뒷다리로 던전의 바닥을 박차는 모션을 취하는 둔룡을 보고 싫은 표정을 하는 코하쿠.

예비동작으로 돌격을 탐지하여 좌우로 피하면 둔룡은 우리를 쫓아서 방향을 바꾼다. 그렇기 때문에 둔룡이 달려오는 타이밍에 피하는 게 제일 안전한 대피방법이다.

"온다!"

히노의 신호와 함께 돌격을 시작하는 둔룡.

머리에 퍼진 프릴은 정면에서 보면 벽이 밀려드는 것 같아서 압도되지만, 충분히 끌어들인 뒤에 옆으로 피했다.

"뮤우, 괜찮나요?"

"괜찮아! 그보다 토비!"

돌격해 온 둔룡이 그 기세 그대로 부딪친 벽이 크게 파이고 흙먼지가 이는 가운데, 우리는 서로 무사하다고 주고받았다. 그러는 한편, 조용히 둔룡에게 다가가서 등에 올라탄 토비는 돌격 후라서 빈틈투성이인 프릴 뒤에 무사히 도달했다.

"……갑니다. ──〈넥헌트〉!"

프릴 뒤의 약점에 알린 아츠가 호를 그리며 피처럼 붉은 이펙트를 뿌렸다.

특정 약점에 큰 대미지가 들어가고 아츠의 효과가 겹쳐서, 전위면서 제일 공격력이 약한 토비가 여태까지 중에서 가장 높은 대미지를 뽑아냈다.

곧바로 둔룡의 등에서 뛰어내린 토비는 루카네에게 돌아가서 다음 공격에 대비했다.

정면을 피해서 좌우에서 대미지를 주는 이 싸움으로 서서히 둔룡의 HP를 깎아내렸다.

그리고 전원이 대단한 대미지를 입는 일 없이, 하지만 집중력이 끊어져가는 그 순간 사태는 움직였다.

"남은 HP는 2할! 얼마 안 남았습니다!"

"후후후, 그럼 끝내볼까요. 코하쿠는 타이밍을 맞춰요!"

"명령하지 않아도 결정타는 확실히 꽃을 거야!"

둔룡을 포위하는 형태로 소리치는 코하쿠와 리레이. 두 사람은 마지막 일격을 날렸다.

"──〈프레임 번〉!"

"──〈리틀 토네이도〉!"

두 사람의 마법이 상승효과로 위력을 높이며 둔룡을 삼켰다.

불꽃이 바람을 타고 던전 공간의 바닥이 벽을 따라 열기를 흩뿌리고, 강한 빛을 만들어내서 시야를 가렸다.

[GUOOOOOOOO──]

불길 속에서 둔룡의 포효가 일었다. 마지막 비명이라고

생각하고 칼날을 내렸지만, 다음 순간 불길을 찢으며 둔룡이 돌진해 왔다.

"이런!! 코하쿠, 도망쳐!"

내가 소리쳤지만, 불길이 만들어낸 빛이 둔룡의 예비동작을 가려서 불길을 찢고 나타나는 순간까지 알아차리지 못했다. 내가 알아차렸을 때에는 코하쿠로 표적을 정한 둔룡이 뛰기 시작하고 있었다.

둔룡을 쫓듯이 달려갔지만 따라잡을 수 없었다. 그때 코하쿠와 둔룡 사이에 히노가 뛰어들었다.

"그렇겐 안 돼! ——〈일점 찌르기〉!"

돌격의 기세를 정면에서 받아내며 이마의 가장 단단한 부분에 창의 아츠를 꽂았다.

파란 이펙트를 발하는 일점집중의 찌르기가 둔룡의 이마에 빨려들었다. 한순간 팽팽하나 싶었지만, 내찌른 장창의 기세가 밀리고 히노는 튕겨 날아가서 벽에 부딪치고 말았다.

정면에서의 공격을 받은 둔룡의 돌격 궤도가 오른쪽으로 비껴나서 코하쿠의 옆을 통과하고, 그대로 방구석에 격돌했다.

"히노!"

"나는 괜찮아. 그보다 코하쿠를 지켜."

벽에 부딪친 히노는 비틀거리는 움직임으로 일어서서 인벤토리에서 포션을 꺼내어 마셨다.

튕겨 날아가면서 히노의 손은 장창을 놓쳤지만, 창은 둔룡의 이마에 얕게 꽂힌 채로 남아 있었다.

"하아, 리치가 조금 걱정이지만 애써볼까."

히노는 다른 무기는 망치를 꺼내어 두 손으로 들었다.

"그래선 회복이 부족해. ——〈하이 힐〉."

"고마워, 뮤우."

"미안합니다. 우리가 승부를 서두른 탓에!"

사죄의 말을 하는 리레이와 감싸준 것에 대해 말하려다가 말하지 못하는 코하쿠.

"코하쿠랑 리레이——"

두 사람의 말을 가로막은 히노는 한가득 웃으면서 다음 말을 하였다.

"——이따가 반성회야! 중요한 무기를 놓아버린 나도 포함해서."

그렇게 말하고 둔룡을 정면에서 바라보는 히노.

구석으로 돌격한 둔룡. 피할 때에 둔룡이 네 구석으로 향하지 않도록 주의하며 유도했지만, 이건 어쩔 수 없다. 구석은 둔룡의 사각을 줄이고 좌우에서 공격할 수 없어진다.

리레이와 코하쿠의 연계마법으로 둔룡의 HP는 1할도 안 남았다. 그 상태로도 둔룡이라면 우리를 전멸시킬 가능성마저 있다.

일격으로 승부가 난다.

[GUOOOOOOOO——]

포효를 지르면서 입을 크게 벌리고 브레스 공격의 예비동작을 보였다.

그와 동시에 전위인 우리는 일제히 뛰쳐나가서 브레스보다 먼저 일격을 꽂았다.

"전원 무사히 던전을 빠져나가는 거야! ——〈윈드 실드〉!"

"이럴 때에 보조 계열 스킬이 없는 게 분하네요——〈파이어 샷〉."

코하쿠는 브레스 공격의 대미지를 줄이기 위해 우리 앞에 바람의 장벽을 쳤다. 리레이는 얼마 남지 않은 MP를 쥐어짜내어 산발적인 광탄을 쏘았지만, 둔룡의 단단한 방어에 튕겨났다.

그리고 준비가 끝난 둔룡이 오른쪽에서 왼쪽으로 훑듯이 체내에 모은 브레스를 방출하였다.

"마법이나 브레스라도 베어내겠습니다. 하아아압——〈쇼크 임팩트〉!"

대상단 자세에서 루카가 내리친 대검이 충격파를 만들고 브레스 공격을 밀어냈다. 하지만 계속에서 브레스의 급류가 밀려들어서 충격파까지 삼키고 우리에게 밀려드는 가운데——둔룡의 브레스가 머리 위를 통과했다.

"……〈미스디렉션〉."

적 몬스터의 대상이나 인식을 어긋나게 해서 공격을 회피하는 토비의 스킬. 그걸로 브레스의 직격을 피하고 여파를 코하쿠의 방벽으로 막아냈다.

그리고 둔룡의 정면으로 접근한 우리는 아츠를 날렸다.

"그 방어를 깨뜨린다! ——〈아머 브레이크〉!"

내가 방어 저하의 효과를 가진 공격을 날려서 둔룡의 방어력을 낮추었다. 그래도 공격이 막혔지만, 마지막은 히노에게 맡겼다.

"——〈브레이크 해머〉!"

망설임 없이 휘두른 망치가 둔룡의 이마에 똑바로 빨려들었다. 그리고 얕게 꽂힌 장창의 끝부분을 때렸다. 창은 단단한 이마를 꿰뚫고, 뒤이은 망치가 두개골을 파괴하였다.

한순간의 정적. 그리고 뒤늦게 쓰러지는 둔룡. 이어서 5층의 조건 달성과 던전 클리어의 보수를 손에 넣어 우리는 둔룡에게 이긴 것을 실감하였다.

●

"와아! 던전 클리어!"

총 5층의 던전을 클리어하고, 들어올 때와 마찬가지로 검은 문으로 밖에 나오니 햇볕이 맞아주는 듯했다.

결국 타임어택은 아무래도 한 시간 이상 걸렸다.

"뮤우, 어서 와."

"세이 언니, 나 왔어. 역시 우리가 늦었네~. 전부 둔룡이 잘못한 거야!"

타임어택 승부는 우리의 패배였다. 그렇게 생각하며 기운 빠진 채로 세이 언니에게 안겼다.

미소 지으면서 머리를 쓰다듬어주는 언니에게 몸을 맡기고 언니 성분을 보충하였다.

"타임어택으로는 언니 쪽한테 졌지만, 좋은 경험이 되었어. 고마워."

내가 안긴 채로 말하자, 세이 언니는 난처한 듯이 눈꼬리를 내리고 미카즈치 씨 쪽을 보았다.

큭큭 낮게 웃는 미카즈치 씨는 우리의 생각을 정정했다.

"타임어택은 뮤우네의 승리야."

"어? 그 타임으로?"

둔룡만 뽑지 않으면 30분 정도로 클리어할 수 있었겠지만, 결과는 한 시간 이상 걸렸다. 그런데 승리라는 게 무슨 말일까. 세이 언니에게 눈을 돌리자 말하기 껄끄럽다는 눈치면서도 말해주었다.

"어어…… 우리는 1층에서 뮤우네랑 마찬가지로 둔룡에 걸렸습니다."

아하, 우리랑 마찬가지로 운이 없었구나. 그렇게 생각했는데, 세이 언니네는 그 이상으로 운이 없었던 모양이다.

"간신히 파티의 피해를 한 명으로 끝내고 더 내려갔더니 2층에서도 둔룡이 기다리고 있었어."

"그래서 두 번째 둔룡이 말이지, [여어, 또 보네. 그럼 죽어]라는 느낌으로 시작부터 브레스를 쏴댔어."

"어어, 그건……."

랜덤 생성이기 때문이 불가능한 것까진 아니지만, 엄청나

게 낮은 확률이다. 그걸 뽑다니 얼마나 운이 나쁜 걸까. 그렇게 생각하는 한편, 둔룡 한 마리와 싸워서 이긴 것만으로도 경험치는 짭짤하니까 그 경우는 운이 좋을지도 모른다고 생각했다.

"으읏, 그 개막 브레스로 두 명이 탈락. 남은 우리는 선전했지만 져버렸어."

"타임어택의 도전시간은 27분으로 둔룡에게 패배한 거야. 뭐, 둔룡과의 전투로 레벨이 제법 올랐으니까 나쁘진 않지만."

"그만큼 소모품인 포션이나 MP 포션을 팍팍 써댔으니까 보충이 필요하지만."

난처한 듯이 웃는 세이 언니. 지금은 데스 페널티의 효과가 끝나기를 기다리면서 담소를 나누는 듯했다.

그런 가운데 세이 언니가 조용히 중얼거렸다.

"그렇긴 해도 물욕 센서라는 게 말이지. 원하는 아이템을 찾는데 쏙 그것만 빼고 걸린다니까. 둔룡이랑 싸우려고 계속 돌 때는 안 나오는데 이럴 때에만 나오다니."

"물욕 센서? 뭐 탐나는 아이템이라도 있어?"

중얼거리는 세이 언니에게 물어보자 대답해주었다.

"길드 설립 퀘스트의 제3단계 퀘스트에 필요한 [준기사의 증표]를 먼저 입수해두려고 말이지. 뭐, 다른 관련 퀘스트도 해야만 하니까 미카즈치 쪽이랑 같이 느긋하게 할 예정이야."

"으음. [준기사의 증표]라."

그런 아이템을 입수한 기억은 없다고 생각했는데, 토비가 조심조심 손을 들었다.

"……저, 저기, 그 아이템이라면 있습니다."

"어라? 있다니, 언제 손에 넣었어?"

"……3층의 보물상자에서 손에 넣었습니다. 다만 타임어택 중이라서 확인은 나중으로 미루는 바람에 잊어버렸습니다."

"아, 그거라면 던전 공략도 끝났으니 전리품 확인을 하자. 둔룡 드랍템도 확인 안 했고."

히노의 제안에 우리는 나중으로 미뤘던 드랍 아이템 등을 확인하였다.

타임어택으로 최소한의 전투만 벌였기 때문에 드랍 아이템은 그리 많지 않았다. 또 그렇게 눈길을 끄는 아이템도 없어서, 괜찮은 아이템이라고는 보물상자에서 입수한 [준기사의 증표] 이외에는 둔룡의 드랍이 소재로 괜찮다는 정도였다.

그리고 세이 언니 쪽은──

"좋겠다, 세이 언니가 입수한 강화소재. 둔룡의 레어 드랍이라든가."

"으음, 나는 마법사니까 [둔룡의 세 뿔]의 추가효과는 뮤우의 말처럼 좋은 게 아닌데."

세이 언니, 분명히 운을 엉뚱한 데에 쓰는 거야! 싶을 정도의 드랍운. 자기가 탐내는 아이템은 손에 안 들어오는데, 남이 탐내는 아이템은 손에 들어와서 항상 트레이드를 한다.

다들 행복해지지만, 그 과정이 불운이랄까, 운을 이상한 데에 쓴다는 게 세이 언니답다. 그리고 이번에도——

"그럼 뮤우네가 먹은 [준기사의 증표]랑 교환할래?"

세이 언니가 고개를 갸웃거리면서 물었다.

"괜찮아? 레어잖아."

"나는 마법사라서 안 쓰니까."

그렇게 말하며 간단히 레어 드랍을 건네주려는 세이 언니. 내가 루카네에게 눈을 돌리자, 필요하면 트레이드해도 된다고 승낙해주었다.

"알았어. 그럼 트레이드해."

메뉴의 아이템 교환에서 [준기사의 증표]와 [둔룡의 세 뿔]을 교환했지만, 교환 후에 대해선 생각하지 않았다.

세이 언니네는 목적한 아이템을 입수해서 기뻐하는 한편, 우리는 누가 이 강화소재를 쓸지 머리를 맞댔다.

"이거 어떻게 하지? 무기에 쓰면 [물리공격 상승], 방어구에 쓰면 [물리방어 상승(소)]의 추가효과가 붙어."

"후후후. 범용성이 높네요. 하지만 마법사에게는 소용없군요."

"그래. 그럼 전위 중 누군가가 쓰는 게 좋겠네."

그렇게 말하며 [둔룡의 세 뿔]을 양보하는 마법사들. 나도 밸런스형이기 때문이 물리를 강화할 생각은 없고, 토비도 다른 사람에게 양보하기로 판단했다.

"그럼 나랑 루카가 남는데 어쩔래?"

"나보다도 히노 쪽이 어울린다고 생각해요."

"정말 괜찮아? 루카도 필요하잖아?"

"탐나긴 하지만, 내 검은 아직 대용인 드랍템이니까요."

그렇게 말하며 루카는 자기 검자루를 만졌다.

이걸로 결정이 나서 [둔룡의 세 뿔]은 히노에게 넘어갔다.

그걸 받은 히노는 몇 차례 눈을 껌뻑이며 표정을 다잡았다.

"히노의 활약을 기대할 테니까."

"기대하면 응해줘야지. 그럼 나는 여태까지 이상으로 이 망치로 전부 쓸어버리겠어!"

히노는 자랑하는 파워를 높여서 파티의 일각을 담당하겠다고 결의했다.

그리고 짝짝 박수 소리가 울렸다.

"여어, 여자들의 뜨거운 우정을 잘 봤어."

"음, 우리 모습은 구경거리가 아냐."

"미안, 미안."

미카즈치 씨의 반응에 불룩 볼을 부풀리면서 불만을 보이는 히노.

"미안, 미안. 내친 김에 퀘스트라도 받으러 갈까? 동생들의 운과 실력을 봐서."

"어, 왠지 이용당하는 것 같은데……."

"나쁘게는 안 할 테니까. 그저 최전선에서 같이 사냥하면서 퀘스트 수집물을 모을 뿐이야."

미카즈치 씨의 가벼운 분위기에 달리 옆에 선 세이 언니를 엿보면 가볍게 고개를 숙이며 사과해왔다.

"미안. 미카즈치가 좀 고집스러워서."

"으음. 뭐, 좋아. 효율적인 레벨업도 되겠고."

가끔은 모르는 사람과의 교류를 즐기는 것도 좋을지 모르겠다는 생각에 다들 찬성하였다. 졌다고 해도 둔룡과 연속으로 싸운 미카즈치 씨나 세이 언니 쪽의 실력을 알고 싶었던 걸지도 모른다.

"자, 즐겁게 가보실까."

미카즈치의 호령과 함께 이동하는 우리들. 이동 중에는 데스 페널티가 끝나겠지.

그리고 이게 나중에 설립되는 길드 [팔백만]과의 첫 교류였다.

세이 언니네는 이때의 사냥 성과로 길드 관련 퀘스트를 진행시키는 동시에 마을에 흩어진 드랍 수집 계열 퀘스트의 지정 아이템을 중점적으로 모아서, 우리는 퀘스트 수집 아이템을 양보하는 대신 강한 드랍 장비나 아이템, 강화소재를 받았다.

그때는 쓸 만한 아이템을 입수했다고 좋아했지만, 나중에 문제의 아이템 수집의 퀘스트 보수 총액을 듣고 조금 손해 봤다는 기분이었다. 수고와 시간을 아끼지 않으면 그렇게 다르다고 거듭 배웠다.

얼마 뒤에 조금 밝으면서도 강한 미카즈치 씨와 옆에서

그걸 나무라면서도 보좌하는 세이 언니가 길드를 설립했다고 들었을 때, 이 길드는 강해질 거라는 예감이 든 것은 나의 조그만 비밀이다.

끝

작가 후기

처음이신 분, 오래간만인 분, 안녕하세요. 아로하자초입니다.

이 책을 손에 들어주신 분, 담당 편집자 A씨, 작품에 멋진 일러스트를 준비해주신 유키상 님, 또 본편 작품을 봐주신 분들에게 다대한 감사를 드립니다.

이 작품은 드래곤 매거진에서 연재 중인 외전 시리즈를 책으로 엮은 것입니다.

이번에는 주인공의 여동생 뮤우가 주역인 OSO의 스핀오프 작품을 재밌게 보셨습니까. 재미있게 보셨다면 다행입니다.

OSO 스핀오프 기획이 어떻게 시작되었느냐, 그것은 편집자가 보낸 한 통의 메일에서 시작되었습니다.

3월 초순의 어느 날, 5월에 발매일을 앞둔 본편 5권의 특전 SS나 같은 달에 발매되는 코미컬라이즈 단행본에 실을 응원 코멘트나 SS를 작성할 때, 슬쩍 스핀오프 연재 기획의 메일이 담당 편집자에게서 날아왔습니다.

설마 싶은 예상 밖. 일단 단편집 같은 것을 써보고 싶다고 생각한 적은 있지만, 그때는 본편에서 다루지 못한 이야기를 모아서 단편집으로 낼까 생각했더니, 설마 공략 가도 폭주 중인 여동생 뮤우를 주인공으로 한 이야기.

잡지 연재는 1권 발매 전에 딱 한 번 드래곤 매거진에 단편을 게재한 이래로 사실 1년 만의 일이라서 [양이 어느 정도였더라?!], [책으로 할 때의 페이지 수, 총 몇 화로?!]처럼 불안한 마음으로 회의에 임했습니다.

한 권에 4화 구성의 플롯을 들고 가서 회의하는 도중에 수정하여 최종적으로 한 권에 5화, 약 10만 자라는 형태로 정해져서 안심하고 쓰기 시작할 수 있었습니다.

그렇게 쓰기 시작한 1권의 메인 테마로는 '파티 완성'을 중심으로 두고, 여자들의 4컷 만화 같은 느슨한 분위기를 목표로 했습니다.

작중 골렘전에서의 움직임은 다크소울의 보스 전 등에서 소재를 따와서, 안전지대를 확보하는 공방을 의식하였습니다.

또 던전의 타임어택 아이디어는 제가 예전부터 좋아했던 .hack 시리즈의 영향이 꽤나 나오지 않았나 싶습니다.

.hack 시리즈의 타임어택은 세 가지 워드로 이루어진 에어리어에서 얼마나 빨리 던전 최심부까지 도달하는지를 겨루는 것이었습니다. 그 중요한 열쇠가 되는 것은 플레이어의 능력만이 아니라 세 가지 워드를 조합하여 생성되는 에어리어의 초기 지점에서 던전까지의 거리, 층, 전투회수 등의 요소였습니다. 타임어택 이야기에는 그런 플레이어의 능력 이외의 요소가 랜덤이라면……? 이라는 이야기로 했

습니다.

또 게임이라면 한 번은 해보고 싶은 코스프레 장비 등, 단편이기에 가능한 느슨한 면도 즐겨주셨다면 다행입니다.

앞으로 저, 아로하자초를 잘 부탁드립니다.

마지막으로 이 책을 손에 들어주신 독자 여러분께 거듭 감사를 드립니다.

또 여러분을 만날 날을 기대하고 있겠습니다.

2015년 11월 아로하자초

Only Sense Online HAKUGIN NO MUSE Vol.1 –Only Sense Onilne-
©Aloha Zachou, Yukisan 2015
First published in Japan in 2015 by KADOKAWA CORPORATION, Tokyo.
Korean translation rights arranged with KADOKAWA CORPORATION, Tokyo.
Korean translation rights ©2017 by Somy Media, Inc.

온리 센스 온라인 외전 백은의 여신 1

2017년 9월 15일 1판 1쇄 발행
2017년 10월 1일 1판 2쇄 발행

저   자 아로하자초
일 러 스 트 유키상
옮 긴 이 한신남
발 행 인 유재옥
본 부 장 조병권
담당편집자 김민지
편   집 권오범 김다솜 김민지 박찬솔 이문영 이슬아 정영길 조찬희
라이츠담당 오유진
디 지 털 홍승범 박지혜
발 행 처 ㈜소미미디어
등   록 제2015-000008호
주   소 서울시 마포구 토정로222, 403호(신수동, 한국출판콘텐츠센터)
판   매 ㈜소미미디어
마 케 팅 한민지
전   화 편집부 (070)4164-3962, 3963   기획실 (02)567-3388
        판매 및 마케팅 (070)4165-6888, Fax (02)322-7665

ISBN 979-11-6190-105-3 04830
ISBN 979-11-6190-104-6 (세트)